# 신(神)이 부르는 노래

Bhagavad Gita

KB108261

신(神)이 부르는 노래
Bhagavad Gita 바가바드기타

초판 1쇄 발행 2021년 1월 20일
편역자 | 배해수
펴낸이 | 이의성
펴낸곳 | 지혜의나무

등록번호 | 제1-2492호
주소 | 서울시 종로구 관훈동 198-16 남도빌딩 3층
전화 | (02)730-2211 팩스 | (02)730-2210
ISBN 979-11-85062-35-8  03890

ⓒ배해수

# 신(神)이 부르는 노래
## Bhagavad Gita

배해수 편역

지혜의나무

# 바가바드기타 본문을 읽기 전에

인도(印度)의 신(神)들은 셀 수 없이 많다. 인도를 소개하는 책들에는 삼천 삼백 신들의 이름이 있다고 알려져 인도를 거대한 만신전(萬神殿)으로 부르는 이들도 있다. 그러나 사실을 들여다보면, 좀 달리 생각할 여지가 있다. 인도에서는 하나의 신을 수없는 형용사로 표현하기 때문에 누구도 삼천삼백 신들의 이름을 외우거나 다 적을 수는 없다. 그것은 우주만물을 움직이게 하는 동력원이자 모든 변화의 주관자를 신으로 상정했기 때문이며, 숫자는 그저 무한함의 상징일 뿐이기 때문이다. 신들의 권위는 인간의 시간에서 시시각각 변화하고 그 역할을 잃거나, 인간의 필요성에 의해 사라지기도 하고, 또 새로운 힘으로 등장하기도 한다. 그런 점에서 신을 부르는 이름들은 당시의 상황에 따라서 다양한 형용어구로 표현된다.

바가바드기타(Bhagavad Gita)에서도 크리쉬나(Krishna)를 지칭하는 이름은 수없이 다르게 불리고 있다. 그 형용어적 이름들은 인도신화를 따로 공부하지 않으면 그 연관성을 상상하거나 이해하기 쉽지 않다. 이 책에서는 내용을 이해하는데 있어 문맥 전개에 불필요한 형용어구 호칭들을 생략하였음을 밝혀둔다.

바가바드기타를 고전작품으로만 보지 않고 지금의 시대에서 공감하려면 현재 사용하는 언어로 표현하는 것이 좋겠다고 생각하였다. 이미 내로라하는 석학들의 해석과 훌륭하게 번역한 책들이 있음에도 불구하고 이 책을 펴낸 이유가 여기에 있다.

어느 화가가 인도의 신전(神殿)을 그린다고 가정할 때, 과연 그는 어떤 그림을 그려낼 수 있을까 생각해본다. 신전의 밖에서 외양을 그릴지, 신전 내부의 신상(神像)이나 상징화된 석물을 그릴 것인지는 오직 화가 자신만의 문제이다. 다만, 그 신전의 의미를 이해하고 그리는가 아니면, 관광객이 사진을 찍듯이 그저 그림으로 나타내는가의 차이는 크다.

어떤 것의 결과는 언제나 그 원인을 이미 내포하고 있다는 인도의 인중유과론(因中有果論)은 철학적 사유에만 국한되지 않는다. 결과물의 배경을 이해하면 시간과 공간이 하나의 입체적 형태로 상상되고 보이는 사물이 보는 이의 심정으로 녹아든다. 건축가, 조각가, 종교가, 역사가, 문학가 등 신전을 바라보는 전문적 지식이나 보고자 하는 관점에 따라 얼마든지 그 의미는 달라진다. 그것은 때때로 해석의 여지와 논란을 낳게 되는 이유가 되기도 하지만, 누구도 정답이라거나 아니라고 말할 수는 없다. 보고자 하는 이의 마음에 따라, 믿고자 하는 그의 의지에 따라, 하나의 사물은 전혀 다른 의미로 존재할 수 있기 때문이다.

바가바드기타의 문구들을 과감히 지금의 언어로 풀어서 정리해보고자 했지만, 여전히 고전작품의 틀을 벗어날 수는 없었다. 마치 한적한 오솔길을 정복 차림으로 걷는 느낌보다는 편안한 일상복으로 바꾼 정도로 독자들의 이해를 구한다.

바가바드기타는 인도인들이 사랑하는 힌두교의 경건한 경전이자 문학작품이며, 요가의 교의서(敎義書)이다. 필자는 그동안 요가를 사랑하는 한 사람으로 간혹 이미 번역된 바가바드기타의 어휘나 용어가 제대로 전달되지 않는 부분을 안타깝게 생각하였다. 문학작품이나 종교의 경전으로 또는 인도의 사상체계를 논하는 것 모두 각자의 몫이지만 이 책에서만큼은 요가에 관한 이해의 시선을 기대해본다.

# 1. 인도 문화의 이해

　본문을 읽기 전, 인도의 문화에 대한 기본적인 이해를 돕기 위한 몇 가지를 소개하고자 한다. 인도는 만년설로 덮인 히말라야 고봉들을 지붕으로 두고, 열적도를 허리띠로 삼아 춥고, 뜨겁고, 온화하며, 긴 우기가 있는 그야말로 다변화 다양성의 나라이다. 고래로부터 아시아와 유럽을 연결하는 동서 문화의 요충지로 다양한 피부색과 다른 언어를 사용하는 종족들이 존재해왔다. 현재도 전체 파악이 안 될 만큼 소수종족들과 산악부족들이 존재한다. 따라서 하나의 국가이면서도 서로 다른 언어로 인해 소통이 불가능한 경우도 많다. 말 뿐만이 아니라 문자 또한 다르며, 행정의 편의상 29개 주로 나누어진 공통언어는 영어이다.

　인도지폐에는 헌법에서 제정한 15개 지역의 문자가 숫자로 표시되어 있다. 고유한 글자들을 주정부의 독립적인 문화로 인정하는 것은 비교적 높은 문맹률과 타 지역의 글자를 읽지 못해서이기도 하다. 숫자의 개념이 무한대인 인도는 아라비아 상인들이 인도와 교역하면서 사용하던 수의 개념이었다. 현재 세계 공통의 숫자로 편리하게 쓰이고 있는 아라비아 숫자는 인도인들이 만든 수의 개념으로 정확히는 인도숫자이다.

지금도 컴퓨터의 연산속도에 버금가는 그들만의 전통암산법이 있으며, 이와 반대로 1과 2의 숫자개념을 모르는 이들도 많다. 인도정부는 가장 간단하게 이 문제를 해결하였는데, 동전에 손가락 하나와 손가락 두 개를 그려 넣었다. 글을 모르는 서민들이 가장 많이 사용하는 동전이 1루피와 2루피이기 때문이다.

인도의 산악부족들은 앞산과 뒷산부족들의 소통이 전혀 이뤄지지 않을 만큼 오랜 시간동안 고유한 언어와 문화의 뿌리를 가지고 있다. 그런 점에 비추어보면 그들이 믿고 의지하는 신들이 결코 하나일 수 없다는 점은 당연하다. 한편으로는 200년 이상 영국의 식민지배를 겪어야만 했던 불행한 역사가 있다. 그럼에도 불구하고 전혀 변모됨이 없이 견고하게 인도 전통의 색채를 유지했던 근원적인 이유는 그들이 단지 몇 천년의 역사를 말하고 있지 않아서이다.

얼마 전까지만 해도 국립대나 명문대학에서조차 역사교과서가 없을 만큼 인간의 역사보다는 오히려 신의 역사를 소중하게 여겨왔다. 그 근저에는 명멸하는 국가와 왕권들이 끝없이 생겨났다가 사라지기를 반복하는 것이 마치 새싹이 움트고 곡식이 익어 떨어지는 자연의 법칙처럼 인식하였기 때문이다. 때가되면 일어서고 때가되면 물러서는 그래서 또 다른 새로움으로 채워진다는 진리를 그들의 사상 근저에 포함시켜두었다.

긴 시간동안 서로 다른 부족과 종족들이 인도 아대륙(亞大陸)에서 지배자와 피지배자로 명멸해갔다. 대륙전체를 통일한 시기도 없었으며, 이 때문에 언어의 장벽을 극복할 계기가 없었다고 볼 수 있다. 그러나 근대시기, 내부로부터의 통일이 아니라 200여년 동안 인도를 식민통치한 대영제국의 영어가 공용어가 되었다. 인도인들의 국어라고 알려진 '힌디(Hindi)'는 다른 주의 교육기관에서는 가르치지 않거나 오히려 사용하는 사람에게까지 배타적인 태도를 취하기도 한다. 그것은 오랜 시간동안 지배와 피지배계급으로 나뉜 신분제도의 어두운 그림자에 의한 우월감과 피해의식에서 비롯되었다고 볼 수 있다. 이미 존재해왔던 토착민들은 다른 곳으로부터 침략을 당하여 삶의 오랜 터전을 잃고 동족들의 죽음을 목격해야 했다. 피지배자로 전락한 이들이 침략자의 언어를 쓰는 것은 고통이거나, 자조(自嘲)와 같은 의미까지도 포함된다. 이러한 역사적 상황들이 누적되어 그들의 언어는 아이러니하게도 힌디가 아니라 오히려 영어가 공용어가 된 셈이다.

소수민족을 제외하고 비슷한 형태의 문자는 '데바나가리(Devanagari)' 즉 창조신 브라흐마의 배우자인 사라스와티(Saraswati) 여신이 가르쳐 주었다는 글자인 산스크리트(Sanskrit)에서 파생되었다. 인도의 공용어라고 알려진 힌디(Hindhi)도 그 아류에 불과하다. 그러나 범어(梵語)라고도 불리는 산스크리트는 고대어이기 때문에 용어와 단어 문맥에 이르기까지 너무나도 많은 중의적 어의를 담고 있다.

범어는 해독의 난해함은 물론 진정한 오의를 파악하기 어려울 만큼 복잡한 사전지식을 필요로 한다. 따라서 그 글들의 의미를 이해할 수 있는 수준이 아니면 전혀 엉뚱한 방향으로 변해버린다. 정통한 학자들 이외에는 읽기조차 힘든 고어인 산스크리트를 이제는 배우려 하지 않는다. 점차 사라지는 언어가 되고 있다할지라도 그 글자가 인류에 남긴 중요한 가치들이 결코 간과되어서는 안 된다. 인도의 수많은 위대한 성인, 성자, 현자, 시인들 모두 스스로 깨우쳤다고 가정할 수 없다. 고전의 가르침을 따라 또는 영감(靈感)을 얻어 그 위대함을 발현시켰다고 보아도 무방할 것이다.

이러한 고전을 바탕으로 인도가 낳은 성인(聖人)들은 셀 수 없이 많다. 잘 알려진 불교(佛敎)의 창시자 석가모니(Sakyamuni)를 비롯하여, 비슷한 시기에 자이나교(Jaininsm)를 창시한 마하비라(Mahavira)가 있다. 위대한 시인 까비르(Kabir), 천재적인 영감의 비베카난다(Vivekananda), 침묵의 성자 라마크리쉬나(Ramakrishna), 존재의 의미를 성취한 라마나 마하리쉬(Ramana Maharshi), 학식의 실천자 오르빈도 고슈(Aurobindo Ghosh), 노벨문학상에 빛나는 라빈드라나트 타고르(Rabindranath Tagore), 근대의 성자 간디(Gandhi) 등 셀 수 없는 위대한 인물들의 발자취가 남겨진 장소가 인도이다.

수 차례의 인도여행을 통해 가장 기억에 남는 것을 꼽는다면, 그들에게 '미안하다'와 '감사하다'는 표현이 인색하다는 것이다. 그것은 이미 실행을 해버렸기 때문에 굳이 다시 말로 전달하는 것이 무의미하다고 생각하기 때문인 듯하다. 남의 발을 밟아서 미안함을 이미 주어버렸기에 미안하다고 할 필요가 없다. 실수가 이미 되돌릴 수 없는 과거가 되어버렸기 때문에 감사하다는 상투적인 표현 또한 의미가 없다.

남에게 무상으로 무언가를 주고받는 박시시(Baksheesh)의 개념도 인도에서는 조금 특별한 의미가 있다. 구걸을 하는 사람이 오히려 떳떳한 모습을 보이는 이유는 그가 이미 돈으로 주는 이의 자비심을 산 것이므로 이미 되돌려 주었다고 믿는다. 주는 사람 입장에서는 서운할 수도 있지만, 그 돈은 신이 그를 통해서 연민과 은총으로 서로 주고 받았다고 생각한다. 열심히 일해서 벌어들인 소중한 돈을 구걸에 선뜻 내어주기가 어렵지만, 기부한 사람 또한 누군가에게서 받은 돈에 불과하다. 그러나 내게도 소중한 것을 남에게 내어주는 마음이 더 많이 모으는 것보다 큰 것이라는 가치를 인도의 문화는 보여주고 있다.

　돈은 돈이고 그저 돌아가는 재화일 뿐이라면, 중간에 잠시 그에게 맡겨졌다가 더 필요한 사람에게 맡겨지는 것으로 귀착된다. 굳이 돈의 전달자가 그가 아니어도 돌게 될 것이기에 전달자보다는 그 돈을 주는 존재인 신에게 감사를 드리는 것이 맞는 이치가 되는 셈이다. 진정한 기부는 돈의 크고 작음이 아니라 신에게 부여받은 연민과 자비의 마음을 대신하는 전달자의 역할을 다하는 것이다. 위선적으로 이름을 드러내려 선행하는 이들보다 남모르게 신의 뜻을 자비희사(慈悲喜捨)로 전하는 사람들이 마음을 울리는 이유이기도 하다. 그렇다 할 때 인도인들의 인사법에 미안과 감사의 표현이 부족한 이유가 이해될 것이다.

　인도인들은 죽음에 이르기까지 도도히 흐르는 강물에 맡겨 바다로 향하도록 주어진 삶을 받아들이는 태도를 취한다. 그러나 그들 또한 현생에서의 부귀와 사랑을 꿈꾸며 해탈(解脫)을 염원한다. 해탈은 인간의 육신을 쓰고 태어난 것에 대한 죄업(罪業)을 씻어 다시는 윤회(輪廻)에 들지 않으려는 기원을 정신세계 저변에 깔아두고 있다.

　강가(Ganga) 여신의 자궁이라고 믿는 갠지스(Ganges)강의 온갖 오염에도 개의치 않는 이유도 여기에 있다. 그것은 인간들이 더럽혔을 뿐, 모든 더러움은 강가여신이 품어 정화해 줄 것이라 생각하기에 그렇다. 어떤 여행자들은 그런 바라나시(Varanasi)와 갠지스강의 풍경을 바라보며 이해할 수 없고 더러운 곳이라고 말하기도 한다. 현대인의 상식에서는 이해하기 어려울 수 있으며, 한쪽에서만 보는 단면에서 전체에 녹아있는 문화를 볼 수 없다.

　수천 년의 역사를 가진 바라나시는 낯선 여행자들이 쉽게 길을 찾지 못할 정도의 미로와 같은 도시이다. 인도인들에게 있어 신성한 장소인 이곳은 매일매일 죽음을 맞으러오는 이들과 많은 여행자들이 모이며 온갖 쓰레기도 넘쳐난다. 화장을 위해 마련한 땔감들은 언제나 부족하여 반쯤 타다만 시체들을 강에 버리기도 한다. 이른 새벽부터 저녁까지 그 강물에 몸을 담그고 경건하게 기원을 올리기 위해 수많은 사람들이 찾아온다. 그리고 밤마다 축제처럼 벌어지는 신에게 바치는 불꽃의례들은 방문자들의 혼란을 가중시키기에 충분하다. 강가의 계단에 검은 소들이 아무렇게나 앉아 되새김질을 하고 있는 풍경은 현대문명인으로 자처하는 이들에게 생경한 장면으로 다가온다.

많은 여행자들이 그 적나라함을 보고자 찾아왔으면서도 고개를 저으며, 그런 장면들을 카메라에 담고자 한다. 여기에 몇 가지 상식적인 질문을 던진다. 화장터 사진은 도대체 왜 찍는가? 남의 죽음을 찍어서 무었을 할 것이며, 행여 누군가에게 인도는 이처럼 반문화적이라고 보여주려 함인가? 그렇다면 장례식장이란 장소의 죽음은 세련되고, 검은 정장을 입으면 점잖은 죽음을 보내는 것인가? 타다만 장작더미 위의 시체를 강으로 던지면 야만이고, 죽은 아기를 강으로 보내면 저주받을 일인가? 그들의 고전 마하바라타(Mahabharata)를 읽어본다면 그들이 왜 그렇게 하는지를 이해할 수 있다.

　　인도신화에서는 창조신의 자손들이지만, 뱀신족이라고 할 수 있는 천상계의 바수(Vasu)들이 벌을 받아 인간계로 추방될 처지에 놓였다. 여덟

명의 바수들은 강가여신을 찾아가 인간세계에 태어나면 곧바로 다시 되돌아올 수 있도록 해달라는 부탁을 하였다. 강가여신은 과거 자신의 몸을 훔쳐보았다는 이유로 인간세상에 추방된 신과의 사랑을 이루기 위해 지상으로 내려가면서 바수들의 부탁을 들어주기로 약속하였다. 결국 여신과 지상에서 산타뉴라는 이름의 왕으로 환생한 이의 사랑은 이루어지고 이 둘 사이에 아들이 태어난다. 여신의 자궁을 빌어 인간세계에 태어난 일곱의 바수들은 차례로 강으로 던져진다. 강가여신은 왕에게 처음부터 인연이 지속되려면 자신이 무엇을 할지라도 간섭하지 말라는 조건을 제시했었다. 그러나 왕이 약속을 깨고 여덟 번째 아들마저도 강으로 던지려는 무정한 여인에게 항의를 했다. 그러자 여신은 지상에서의 인연이 다했다고 말하며 천상계로 복귀한다. 이때 선물처럼 남겨진 마지막 바수의 환생이 대서사시 마하바라타에서 위대한 법의 수호자인 비슈마(Bhishma)이다.

이런 이야기는 인도인들의 정신문화에 고스란히 담겨져 갓 태어난 아기는 아직 세상에 접하지 않은 존재로 본다. 영아시신은 어떤 것에도 물들지 않고 인연을 쌓지도 않은 순수한 영혼이기에 당연히 여신의 자궁으로 되돌려주는 것으로 불에 태워질 이유가 없다는 것이다. 힌두 신앙인들은 아기를 잃은 부모의 슬픔을 넘어 신의 뜻으로 받아들인다. 과연 우리는 이 신앙의 근저에 짙게 자리한 어디쯤에서 야만과 신성함을 구별할 수 있을까? 선진 문명국이라고 말하는 곳에서의 낙태와 영아시신은 얼마나 존귀하게 돌려지고 있는지 궁금하다. 적어도 인도인들의 신앙체계에서 갠지스 강의 영아유기는 무정한 야만적 행위가 아니라 그들만의 오래된 전통문화이다. 인도의 신화적 배경과 윤회전생 사상을 이해했을 때, 그들의 행위가 신에게 되돌리는 신성한 종교의식의 일환임을 알 수 있다.

# 2. 인도 종교문화의 다양성

인도의 종교문화와 그 배경이 되는 신화(神話)에 관해서는 요약이 불가능할 정도로 무궁무진하다. 그럼에도 불구하고 인도를 이해하는데 있어서 간과할 수 없는 중요한 주제이므로 간략하게 정리하여 소개하고자 한다.

힌두교(Hinduism)는 그 연원을 알 수 없을 만큼 긴 시간동안 이어져온 종교이며, 모든 존재에 신성(神性)이 깃들어 있다고 믿고 있는 신앙관을 가지고 있다. 신화는 원시적 토테미즘과 애니미즘의 혼용을 넘어 형태화된 신격이외에도 자연물에까지 신성을 부여하였다. 수많은 인도 신들의 이야기는 그 복잡성에 어지러울 지경인데, 신들의 이기심과 악한 존재로 묘사되는 아수라와의 관계에서부터 모순된 점을 발견할 수 있다. 선악이 정의되지 않을 만큼 천지창조 신화부터 그 개념은 복잡하게 뒤섞인다.

간략하게 그 내용을 살펴보면, 그리스신화와 비슷한 전개이지만 뒤이어 이어지는 일들은 복선의 성격이 강하다. 생경한 용어의 정의와 명칭, 단어의 모호성을 인정하면서 독자들의 이해를 구하고자 한다.

인도신화에서는 최초의 창조주로부터 파생한 천상계의 존재들인 수라(Suras)와 아수라(Asuras)는 형제로 칭해진다. 수라는 차후 천신(天神)들로 불리는 데바(Devas)라는 이름으로, 신들과 대별되는 아수라는 악(惡)의 세력으로 묘사되었다. 이들은 경쟁관계를 형성하면서 서로 대립하게 되고 우위를 선점하기 위해 싸움도 불사하였다. 그러던 중, 신들과 악마로 칭해진 아수라들이 영생불사를 위한 감로수 '암리타(Amrita)'를 얻기 위해 경쟁을 멈추고 모두 힘을 합하여 우유바다를 휘젓는다. 세상을 멸망시킬만한 독약이 바다로부터 나오고 시바(Siva)신은 이 독을 삼켜버렸다. 비쉬누(Vishnu) 신은 거북이로 변신하여 우유바다의 구멍이 뚫리지 않도록 기둥의 받침대 역할을 하였다. 이때 등장하는 거북이가 세상을 구하는 역할을 맡은 비쉬누의 두 번째 화신이다.

모두가 함께 힘을 합쳐 얻은 불사의 감로수를 아수라들에게 줄 수 없다고 생각한 신들이 비쉬누에게 도움을 청하였다. 이에 비쉬누는 아름다운 모히니라는 요정으로 변신하여 아수라들을 유혹하고 그들이 한눈파는 사이에 불사(不死)의 감로수를 신들에게만 허락하였다. 이 신화를 보면 이기적이고 얄팍한 신들이 선의 편이라는 점에서 고개가 갸우뚱해진다. 오히려 신화에서 항상 피해를 당하기만 하는 아수라에게 연민이 느껴지기까지 한다. 다만, 아수라들은 선천적으로 조금 더 순박하게 태어나고 신들은 영악하게 태어나서라고 생각하기로 한다. 데바스 즉, 천신들로 불리는 이들은 모두 불사의 감로를 마시고 영생을 얻었지만, 인간들이 그들의 이름을 불러주기 전까지는 그들은 존재로 등장하지 못한다.

　초기 베다(Veda)시대에는 대자연의 강력한 힘을 숭배의 대상으로 삼았기 때문에 태양신 수리야(Surya), 물의 신 바루나(Varuna) 등은 그것을 상징하는 힘이자 찬미의 대상자였다. 특히 제사만능시기의 불과 술은 신과 인간과의 소통을 담당했던 브라만(Brahman) 사제들의 위치를 공고하게 해준 주요 신들이었다. 불의 신 아그니(Agni), 신들의 감로수 소마(Soma)는 그 자체가 신이며, 제사의식 아그니호트라(Agnihotra)는 불의 신, 아그니의 시간이었다. 또한 소마는 제의를 주관하는 브라만 사제들이 고양된 접신의식을 유지하기 위해 마시는 술이었다.

　고대신화에서의 신들은 브라만들이 독점하는 창구이고, 그 이외의 다른 신분에서는 너무 먼 존재들이었다. 점차 그 권위를 잃어간 브라만 사제들과 함께 신들의 위상도 변화를 가져왔다. 인간에게 은총을 내리는 상위의 존재였던 신들이 자신의 존재를 알리기 위해 인간들과 직접적인 교류를 시도하였다. 그러나 신들이 인간의 삶에 개입되는 경우는 몇 가지 계기에 불과하다.

신들과 소통하며 독점적 대리자를 자처한 브라만들의 제사의식을 통해 신들은 인간들에게 기억된다. 고대신화에서는 직접적인 교접으로 신과 인간 사이의 아들이 태어나기도 한다. 신들과 인간들의 직접적인 교류가 투영된 대서사시 마하바라타의 중요인물들은 모두 신들과 인간 사이의 반인반신들이다. 초기 베다경전에서의 신들은 자신을 숭배하는 이의 지극한 서원(誓願)을 들어주는 존재로 권위를 가진다. 중세에 들어 신들의 권위가 약해진 것은 민중들이 더 이상 사제들의 종교적 교화에 길들여지기를 거부했기 때문이다.

중세에 그 권위가 추락한 중요한 원인은 불교의 영향 또한 크다고 할
수 있다. 논리와 실천덕목을 강조한 불교는 대리자에게 의지하여 복락을
바라지 않고 스스로의 노력여하에 따라 윤회에서 벗어날 수 있다는 교
리를 내세웠다. 신분은 바꿀 수 없다고 믿는 하위계급의 많은 이들이 오
랫동안 세뇌된 가치관에서 벗어나기를 갈망했다.

기존의 신분제도(Caste)에서도 업(業;Karma)을 덜어낼 수 있다는 기대감
으로 불교에 귀의한 이들이 늘어났다. 이에 위기의식을 느낀 브라만 사
제들이 자신들의 역할을 신을 대리하던 위치에서 전달자로 변경하였다.
제의식의 방법을 기술한 아타르바베다(Atharva Veda)의 교양과 신에 관한
지식을 독점하지 않고 다른 이들에게 전달하고자 하였는데 리그베다
(Rigveda)가 그것이다.

신들의 이야기와 그들의 능력을 찬미하는 많은 베다서들을 바탕으로 한층 고양된 논리를 전개할 수 있는 근거를 만들었다. 오래된 실천수행법인 요가(Yoga)에 힌두논리의 옷을 입히고 종교와 사상, 문화를 통합하고자 노력한 결과물이 소위 6파 철학이다. 그중에서 상키야(Samkhya)철학은 인도사상을 종합하여 절대성의 원리(原理)인 푸루샤(Purusha)와 물질의 기본원소인 프라크리티(Prakrti) 이 두 개념을 정리하였다. 바가바드기타에 상세하게 설명된 이 기본개념의 우선순위에 관해서는 학자들의 이견이 존재한다. 바가바드기타와 상키야학파의 유사성에 대한 연대기적 논란은 큰 의미가 없으며, 오히려 상호 영향을 주고받으며 조금 다른 성격을 보이고 있다.

명칭이나 용어가 비슷하지만 다른 의미로 표현되거나, 때로는 여러 의미가 집약되어 같은 용어로 쓰이는 경우도 있다. 그 중에서도 특히 푸루샤(Purusha), 아트만(Atman), 브라흐만(Brahman)은 같은 맥락으로 보이는 동일성과 함께 미묘하게 다른 의미를 내포하는 용어이다. 푸루샤는 상키야학파에서 명명한 용어의 정의로서 창조주의 몸으로 표현되는 다양성을 뜻하며, 범(凡) 사상 브라흐만(Brahman)과 비슷하다. 같은 듯 차이를 가진 아트만이라는 용어는 온 우주에 편재한 브라흐만의 절대성이 인간존재 모두에게 내재되어 있다고 본다. 그것의 발견여부는 수행자가 그러한 의지를 갖게 될 때 드러난다고 설명하고 있다.

예를 들면, 인도의 인사법인 나마스테(Namaste), 나마스카(Namaskar)는 '당신에게 내재한 신성에 나의 신성이 경배를 드립니다. 당신의 신성(神

性)은 안녕하신지요?' 라는 의미이다. 다른 대상을 바라보며 그의 모습이 아닌 그 내면의 신성에게 지극한 공경을 드리는 인사이다.

　종교학자 M. 엘리아데가 저술한 요가에 '살아있는 모든 존재는 죽음이 예정된 채로 살아있는 짓을 하고 있는 것 뿐' 이라는 구절이 있다. 우주적 시간에는 찰나와도 같은 인간들이 마치 천년을 살아갈 것처럼 각축하고 있는 모습을 허깨비 장난처럼 적고 있다. 이는 누구에게나 소중한 삶의 의미를 그저 허망한 것으로 치부하거나, 삶을 비관하는 염세적인 사관은 아니다. 단지 인간 본성은 신의 반영이며, 그것을 인지하느냐는 여부를 묻고자 하는 것이다. 그래서 인도인들의 인사법은 당신 안에 내재하고 있는 신을 잊지 않고 있느냐고 정중하게 묻고, 나는 그에게 경배를 드린다고 하는 어느 세상에도 없는 인사를 자기의지와 깨어있음으로 실천하고 있는 것이다.

현재의 인도는 헌법개정을 통해 법적, 행정적으로 신분제도를 인정하지 않지만 여전히 인도인들의 의식저변에는 카스트가 인습과 관습으로 남아 있다. 마치 한국인에게 있어 이름을 바꾸기는 쉬워도 성을 바꾸지 않듯이 인도인들에게는 그의 이름에서 이미 신분이 드러나며 가리거나 속이지 않는다. 흥미로운 점은 계급의 구별없이 지극히 공경하는 신들의 이름이 신분상 가장 하위계층 사람들의 이름에서 많이 쓰이고 있다는 점이다.

락쉬미(Lakshmi) 여신(女神)은 인도인들이 사랑하는 비쉬누의 배우자이지만, 그 이름은 전 인도에 가장 흔한 이름이기도 하다. 어찌 이런 불경한 일이 있을 수 있는가? 그것은 신분제도와 무관하게 모두가 그 상황을 암묵적으로 인정하고 있기 때문이다. 그의 이름을 불러주었을 때 달려와 주는 신, 그가 연민으로 달려와 주기를 원하며 신의 이름을 지어준 것이다. 신분이 낮은 부모가 비록 가난을 대물림할지라도 자녀에게 줄 수 있는 지극한 사랑이기에 부의 여신이 굽어 살피기를 바라며 그 이름을 부른다. 그래서 신의 이름을 불렀을 때는 그 신이 그 자리에 머문다고 믿고 싶은 것이다.

한 예로 '뚤씨(Tulsi)'는 많은 인도인들이 화분에 심어 창가에 두고 정성을 다해 기르는 여러해살이 식물이다. 잎은 인도인들이 즐겨하는 차로 심신을 경쾌하게 하며 안정을 주는 약초이기도 하다. 이 뚤씨는 낮은 신분의 한 여인이 늘 비쉬누의 은총을 기원했지만, 그 여인의 기도를 비쉬누는 듣지 못했다. 죽음의 경계에서 부르는 여인의 간절한 염원이 마침내 비쉬누 신에게 닿았다. 비쉬누는 연민의 마음으로 그 여인을 많은 이들에게 도움이 되고 사랑받는 뚤씨로 환생시키면서 '나는 그대와 언제나 함께 있을 것이다.'라고 선언했다.

힌두정신 문화에서 소중한 가치가 부여된 것의 한 가지는 맹세, 즉 서원(誓願)이다. '나는 이 맹세를 죽음의 순간까지 지킬 것이다.'라는 서약은 신과 인간들 모두 예외가 없는 것으로 믿고 있다. 그래서 인도인들은 뚤씨를 기르면서 언제나 그 식물이 있을 때면 비쉬누신이 함께 있는 것으로 생각한다.

또 한 가지 소중한 의미의 언약(言約)으로는 누군가를 증오하면서 내뱉은 저주(詛呪)의 말이며, 이 또한 돌이킬 수가 없다. 인도 신화의 양상은 서원과 저주 이 두 가지에 의해서 수없는 갈등을 양산하고 전혀 엉뚱한 결과를 낳기도 한다. 바가바드기타의 배경이라 할 수 있는 마하바라타는 바로 이 두 가지의 언약에 의하여 갈등상황을 만들면서 변화의 길로 나아가고 있다. 이처럼 인도 정신문화는 극과 극의 양면성을 넘어 메마르지 않는 샘물과도 같은 다양성으로 목마른 이들의 갈증을 적셔 준다.

# 3. 시바(Siva)의 위상

인도의 종교는 흐르는 강물처럼 끊임없이 변하면서 사회적 욕구들을 아우르는 살아있는 생활규범이기도 하다. 인간들에 의해 신들의 권위와 위치가 뒤바뀌는 일은 허다하며, 신들도 협조와 반목 그리고 시기와 질투가 난무하고 때로는 신들끼리도 우위를 다툰다. 힌두교의 신들 중에서 가장 특이한 이력을 보이는 신은 시바(Siva)이다.

시바의 원형은 두려운 존재를 표상하는 폭풍의 신 루드라(Rudra)가 점차 다양한 역할로 변모했다. 시바는 여전히 파괴적인 이미지를 특징으로 하고 있지만, 창조의 신 브라흐마와 신들의 제왕이었던 인드라(Indra)의 역할까지도 자연스럽게 전이(轉移)하였다. 시바는 베다시대에는 다른 귀족적인 배경의 신들과 달리 변방의 신이었지만 종교와 사상 실천수행까지 포함한 변화의 시기에는 최고의 신이 되었다. 왜냐하면 신 스스로가 요가수행을 통하여 무한한 힘을 증명하면서 다양한 정령신들의 역할까지 절대적 권위로 통합시킨 것이다. 시바는 비록 아리안족의 외관을 가진 사냥꾼의 모습을 가지고 있으나, 수행자들의 스승이며, 농경민족의 수호신이기도 하다.

　초기 인도 종교문화에서는 고행(苦行)을 통해 신의 반열에 든 성인들이 자주 등장한다. 반면, 신들은 자신에게 부여된 역할에서 크게 벗어나지 못하는 태생적 한계를 가지고 있다. 신들의 이야기들을 적은 신화인 푸라나(Puranas)에서는 종종 고행으로 엄청난 힘을 가진 인간에게 신들이 굴복하거나 도움을 요청하기도 한다. 신들이 아무리 높은 존재일지라도 인간의 수행은 그들의 능력을 뛰어넘을 만큼 한계가 없음을 설정한 일종의 견제장치로 볼 수도 있다. 이 인간의 수행에 있어 최고의 스승은 시바이며, 그 스스로가 신이면서 고행자로써 힘을 키워나가는 존재이다.

　시바는 신들의 정치적 회합에는 적당한 거리를 두고 형식보다는 수행을 실천하며 인간들에게도 수행의 방향을 직·간접적으로 관여한다. 일반적으로 알려진 파괴의 신은 무조건적 파괴가 아니라 한계에 이른 생명의 재창조를 위한 변화를 의미한다. 번데기를 벗고 아름다운 나비라는 새로운 개체로 변화하는 것처럼, 병아리가 알을 깨고 나오듯, 감싸고 있던 한계에서 벗어나야만 새로움을 갖는다. 안쪽의 병아리와 밖의 어미닭이 동시에 쪼아 알을 깬다는 줄탁동시(啐啄同時)의 의미와 동일하다. 언제나 가능한 것이 아니라 그만큼 무르익어야 하며 그때를 아는 어미닭의 도움처럼, 시바는 한계를 극복하고 새로운 변화를 이끄는 힘을 의미한다. 정신적인 영역에서 더 높은 차원으로 향하려는 노력과 열망이 시바에게 전달되었을 때, 재생(再生)을 위한 파괴의 힘을 더해준다는 뜻으로 이해할 수 있다.

인도신화는 창조와 유지, 파괴의 영역을 담당하는 신들이 우위를 다투는 장면을 설정하여 시바를 최고신으로 인정하게 한다. 자신의 역할과 능력이 최고라고 주장하는 창조신 브라흐마, 유지신 비쉬누, 파괴신 시바가 한자리에 모여서 우위를 다투는 내기를 하였다. 시바는 자신의 상징을 잘라 땅에 꽂으며 그 끝을 찾는 이를 최고신으로 인정하자고 하였다. 창조신 브라흐마는 순수 영혼을 상징하는 백조가 되어 그 경계의 끝을 찾아 날아오르고, 비쉬누는 대지의 힘 멧돼지가 되어서 그 뿌리를 찾아 땅을 파며 내려간다. 그러나 그 끝을 찾을 수 없어 모두 포기하고 시바를 최고신으로 인정하게 되었다는 신화이다.

그래서 시바신전에는 시바의 형상은 없으며, 여성성의 상징인 요니(Yoni) 위에 둥근 시바의 상징인 링감(Lingam)이 모셔져 있다. 이 상징성의 원리는 윤리와 도덕적인 상식을 넘어 이원성을 극복하고, 합일(合一)을

이룬 완전성을 나타내고 있다. 이 신화를 통해 시작과 이어짐이란 결국 소멸되는 결과를 가져오는 시간의 경계일 뿐이며, 최종적으로 변화를 위한 파괴의 우위를 인정하게 된다는 암시를 엿볼 수 있다.

시바는 비쉬누의 화신신앙과 관련해서도 잠깐씩 그 권위와 역할을 드러낸다. 우유바다를 휘젓는 창조신화에서는 신들 모두가 세상이 독에 물들 것을 두려워 할 때, 시바는 그 독을 마셔버려서 자신의 역할과 힘을 과시한다. 이 신화는 시바를 묘사하는 그림들에서 얼굴이 파랗게 된 이유를 설명하고 있다.

여섯 번째 비쉬누의 화신 파라슈라마(Parshurama)에게는 도끼를 선물로 주었고, 일곱번째 화신 라마(Rama)는 전쟁을 시작하기 전, 시바에게 은총을 구하는 기원을 올린다. 그리고 마하바라타에서도 시바는 여러

차례 등장하여 고행자들의 소원을 들어준다. 이처럼 시바는 신들의 영역과 인간세상에 직접 또는 간접적으로 관여하면서 그 힘을 나타내고 있다. 시바는 단절됨이 없이 이어져 내려오는 실천수행인 요가라는 사상의 수호자로서 기억되고 있다. 그래서 인도에서 가장 많은 사원은 시바 신 또는 그와 관계된 사원들이다.

인도 전통의 수행체계에서는 비쉬누와 시바를 최고의 스승으로 모시는 유파들이 존재하지만, 인도의 신화는 이를 통합시키기도 한다. 한쪽은 시바 다른 한쪽에 비쉬누의 얼굴이나 형태를 합성한 하리하라(Harihara)가 그것인데 가히 인도다운 발상이다.

아예 한걸음 더 나아가 남성적 풍모를 가진 시바와 여성성이 자주 노출된 비쉬누가 결합하여 아야나르(Ayyanar)라는 아들을 낳게 하였다. 인도 남부지역 타밀의 농촌에는 논이나 밭에 말을 탄 신상(神像)을 볼 수 있는데, 농민의 수호신인 아야나르이다. 이는 신화의 권위를 빌려 타민족들과 더 이상 반목하지 않도록 평화공존을 암묵적으로 표시한 화합의 결과물이라 할 것이다.

# 4. 비쉬누(Vishnu) 화신사상과 시대변화에 대한 추론

초기의 인도 신화에는 신들의 제왕인 인드라가 반발하거나 대항하는 세력들을 힘으로 억눌러 해결사의 역할을 했다. 그러나 모든 것이 힘으로만 해결되지 않고 오히려 무한반발을 가져오는 패착을 낳기도 했다.

전쟁의 신이자 신들의 제왕으로 군림했지만, 그는 자비심이 부족하여 적이 많았다. 그리고 능력이 있는 상대를 만나면 두려워 피하거나 숨어버리는 등 제왕다운 풍모를 보이지 못했다. 그런 이유로 후기에는 점차 그 권위와 힘이 시바에게 전위(轉位)되면서 인드라는 인간들에게서 잊혀져간 신이 되었다.

베다에 등장했던 수많은 신들은 그 권위와 힘을 점차 비쉬누와 시바에게 나누어주는 결과가 되었다. 창조의 브라흐마, 유지의 비쉬누, 그리고 파괴를 담당하는 시바가 모든 신들을 대표할 만큼 중요한 존재로 정리되었다. 과거에는 서로 반목하기도 했지만, 상호협조 또는 영역을 인정하였다. 신들의 역할에서 인간세계의 안녕과 평화를 위하여 영향을 미쳐야 하는 존재가 바로 비쉬누이다. 창조영역을 담당한 브라흐마는 이미 창조의 역할을 다하였으므로 일반인들이 존중하고 제사를 지낼 필요성이 약해져서 그 또한 차츰 잊혀지는 신이 되었다.

반면, 보다 현실적으로 세상을 유지하는 존재인 비쉬누 신의 은총을 얻기를 희구하였다. 그 결과로 비쉬누는 두렵고 거룩한 존재이기보다는 보다 인간적인 면모를 보여주는 친근한 신으로 다가왔다. 바가바드기타에서도 그는 전사 아르쥬나의 마부역할을 자청한 친척이자 친구이며, 스승으로 등장한다. 비쉬누는 인도 종교문화의 중요한 존재로 수많은 이야기꽃을 피우며 신화의 주인공으로 묘사되고 있다. 아울러 비쉬누 신화에서 찾아볼 수 있는 다양한 해석의 배경에는 정치적인 환경과 종교문화의 변화과정이 함의되어 있다. 따라서 비쉬누 화신사상은 당시의 사회상과 시대를 반영하는 여러 구조적 단서들을 유추해 볼 수 있다.

중동지역 홍수설화는 수메르문명의 길가메시 서사시나 성경에도 등장하는 내용으로 볼 때, 엄청난 재난의 트라우마가 전설처럼 이어져왔다고 볼 수 있다. 인도 창조신화에서도 인간조상이라고 불리는 창조신의 손자 마누(Manu)가 인간세상으로 내려왔다. 마누는 인간계를 구원하기 위해서 천상에서 내려온 존재이며, 곧 그는 인류의 조상이 된다. 그는 대홍수로부터 뭇 생명들을 구하고자 선별적으로 종을 보존하였고, 선택된 소수의 생명들만이 구원을 받았다. 여기까지는 기독교의 성경에 나오는 노아의 방주와 거의 닮아있는 줄거리다.

인도신화에서는 인간조상 마누에게 홍수를 예언하면서 그에 대한 대비를 경고하고, 홍수에 히말라야 산봉우리까지 배를 이끌어 간 물고기 마씨야(Matsya)가 있다. 이때, 등장하는 물고기가 인류를 구원하기 위한 유지의 신 비쉬누의 첫 번째 화현(化現)이다.

이 신화를 통해 이민족의 유입을 정당화하는 논리적 근거로 삼아 아리안족의 우월성과 신의 자손이라는 점을 드러내려는 것으로 추정할 수 있다. 인류의 시조로 묘사된 마누가 강림하고, 그가 배를 댄 곳 모두 히말라야(Himalayas)이다. 이는 정복자들이 원주민들의 마음에 거대하고 장엄하며 두렵기까지 한 히말라야를 근거로 심리적 복종을 강요한 셈이다.

두 번째 화신에서는 신화라는 줄거리를 가졌지만 상식에서 벗어난 불합리한 상황들이 전개된다. 초기신화에서는 선과 악이 대립되지 않고 공존하면서 수라와 아수라를 같은 창조자의 자손들로 적고 있다. 다만, 수라들은 유약한 반면, 수라의 반대어인 아수라는 거인족으로 약간은 우둔하고 융통성 없는 존재들로 묘사된다. 앞서 언급한 창조신화 우유바다 휘젓기는 불사의 묘약 감로수를 얻고자 선과 악으로 대별되는 이들이 힘을 합하는 유일한 장면이다. 수미산을 기둥으로 뱀을 밧줄삼아 돌리는 상황에서 우유바다 바닥에 구멍이 뚫리지 않도록 거북이 받침대 역할이 비쉬누의 두 번째 화신이다. 그런 희생적 헌신에도 불구하고 함께 고생한 아수라들을 속여서 불사의 묘약을 신들이 독차지했다는 점에서 아수라들과 신들의 도덕적 차이점을 발견하기 어렵다.

　이 신화를 인간 세계로 대입하였을 때, 정복자들과 토착민들의 대립이나 공존을 수라와 아수라로 설정하고 있다고 볼 수 있다. 결과적으로 이 신화에서 수라들은 교활한 술수로 아수라들의 몫까지 취한다는 내용이다. 이에 더하여 분노한 또 다른 원주민들이 반격을 개시하게 되는 암시를 신화에서는 뱀족 즉, 바수들의 반격에 대한 설화들로 적고 있다. 뱀은 땅을 수호하는 의미를 담은 토착 농경민족이 숭상하는 상징이다. 또 다른 이름의 '벌거벗은 자'를 뜻하는 나가(Naga)는 뱀이며, 창조신화에서도 큰 역할을 맡는다.

　뱀의 왕 바수키(Vasuki)가 자신의 몸을 희생하면서 우유바다를 휘젓는 기둥의 밧줄 역할을 하는데, 이는 또 다른 원주민들이 농토까지 내어준 다는 의미로 해석할 수도 있다. 수라와 아수라의 대립은 끝없이 이어지지만, 불사의 묘약을 마신 수라들과 죽음을 겪는 아수라들과의 싸움은 언제나 순진하고 우직한 아수라들의 참패로 끝난다. 결과적으로 수라들 즉, 신들의 승리는 인간세상에서도 유목민들의 술수에 의해 토착민들이 하위 층으로 전락한 결과를 말해준다. 지배층은 자신들의 권위와 정당성을 확보하기 위하여 신화와 전래되는 설화에 자신들의 입지를 대체시켰다고 볼 수 있다.

　세 번째 화신은 멧돼지로 변신한 비쉬누, 즉 바라하(Varaha)이다. 여러 설화가 뒤섞여 있지만, 그 중에서 좀 더 많이 알려진 설화를 빌려오면, 아수라 중 한명이 추락한 자신들의 권위를 되찾고자 엄청난 고행을 하고 힘을 가진다. 이후 브라흐마에게서 모든 존재는 자신을 이길 수 없다는 약속을 받아내어 신성한 베다경전을 빼앗고 신들과 인간계를 포함한 세상을 혼란에 빠뜨린다. 그러나 그가 나열한 모든 존재 중 실수로 멧돼지가 누락되어 이를 기화로 멧돼지로 화신한 비쉬누에 의해 그는 최후를 맞고 세상은 다시 안정을 되찾게 된다는 내용이다. 이는 빼앗긴 자신들의 영토를 되찾기 위해 토착민들이 봉기를 하였으나, 정작 멧돼지를 숭상하는 자기부족에게 배반을 당하고 자멸한다는 의미를 짐작하게 한다. 모든 민족은 각자의 정체성을 강화하는 부족의 상징물이 있다. 멧돼지는 밭을 잘 가는 농경민족의 상징으로 볼 수 있으며, 봉기의 실패는 자신들 내부의 배신에 기인하였음을 유추할 수 있다. 이것이 신화를 토대로 한 승자의 질서인 셈이다.

네 번째 화신도 아수라 중 한명이 자신의 욕망을 달성하기 위해 고행을 통해 얻은 힘으로 세상을 어지럽히는 동일한 줄거리이다. 다만, 세 번째 존재는 모든 이름 즉, 부족들을 이길 수 있도록 은총을 받았지만, 자기부족을 빼놓은 결과로 패착을 한 것이 원인이었다. 그래서 이를 만회하기 위하여 신들과 인간, 짐승을 포함한 모든 존재들, 그리고 모든 무기들, 밤과 낮 동안, 안과 밖에서도 자기를 해칠 수 없도록 철저한 방어막을 쳤다. 그러나 이 역시도 자신의 힘과 권위를 무시하고 오로지 비쉬누만을 떠받드는 자신의 아들로 인해 비참한 최후를 맞게 된다.

인간도, 신도 그리고 짐승도 아닌 존재, 사자의 얼굴에 인간의 몸을 가진 나라싱하(Narasinga)로 화신한 비쉬누가 등장한다. 그는 밤도, 낮도 아닌 해질 무렵, 벽에서 튀어나와 안도, 밖도 아닌 문턱에 걸터앉아 무기가

아닌 손톱으로 그의 복부를 찢어서 죽인다. 이는 완벽한 준비를 갖추었으나 등잔 밑이 어두운 것처럼 다름 아닌 자신의 아들의 배신에 의해서 물거품이 되고 만다는 의미가 숨어있다. 이 신화에서 왕은 비쉬누를 신앙하는 아들을 모질게 박대하고 죽이려고 몇 번이나 시도하였으나, 아들은 비쉬누에게 기도하며 살아남았다. 교만한 그가 아들에게 '이래도 네가 믿는 비쉬누가 나보다 위대하다면 어디 한번 이 벽에서 나와서 나를 죽여보라고 해라'라는 말을 하자 벽에서 튀어나온 나라싱하에게 죽음을 맞았다. 이 신화는 이 세상에 완전한 것은 없으며, 부자간의 윤리적 흠결과 자기절제를 잃어버린 교만함에 대한 단죄를 교훈으로 제시한다.

다섯 번째 화신 또한 앞선 화신들과 유사한 이야기의 연결선상에서 해석할 수 있다. 아버지의 힘과 권위보다 비쉬누를 더 믿었던 아들에 이은 교만한 왕 발리의 조카가 왕위를 계승하고 삼계를 다스리는 지배권을 원했다. 왕은 신들에게 과시하는 제사의식에 브라만의 신분으로 나타난 난쟁이(Vamana)를 비웃으며 그가 요구한 세 걸음만큼의 땅을 승낙하였다. 그 순간 이 난쟁이는 엄청나게 커지면서 천상과 땅 그리고 지하의 삼계를 세 걸음으로 걸었다.

이 신화에서는 교만한 인간을 응징하는 신의 권능을 말하고 있지만 다른 면에서는 지배자와 피지배 민족과의 영토분할 약속이 깨졌음을 의미한다. 난쟁이의 마지막 발걸음은 다른 브라만의 간곡한 요청으로 양보를 했는데 다름 아닌 지하세계로 표현된 남인도이다. 이곳으로 추방당한 그는 결국 모든 땅을 잃고 남쪽 끝자락까지 밀려난 원주민 드라비다(Dravidia) 민족을 의미한다. 왕의 이름이 발리(Bali)이며, 남인도 마하발리

뿌람(Mahabalipuram)은 이 이야기를 포함한 수많은 신화들을 사원들과 바위산에 그림 부조들로 남기고 있다.

이러한 신화는 결국 인간세상과 연관된 해석의 여지를 남기게 되는데, 여섯 번째의 화신인 파라슈라마(Parshurama)도 같은 추정을 낳게 한다. 그는 크샤트리야(Kshatriya)의 득세로 인해 무시당하는 사제(司祭)들의 대표로 직접 도끼를 들고 크샤트리야들을 전멸시키는 전사의 모습으로 묘사된다. 이 화신은 자신의 의무인 사제와 무관한 전사의 역할로 인도신화에서 특별한 경우로 등장하고 있다. 신분의 위계질서를 바로잡고자 나타났다는 점에서 차츰 권위를 잃어가는 사제들과 권력의 힘을 내세운 크샤트리야 사이의 역전적인 시대의 분위기를 유추해볼 수 있다. 일부 문헌에서는 기마민족인 스키타이 전사들에게 성스러운 도시 카시(Varanasi)가 약탈당하자, 전사계급을 독려하여 브라만이 직접 도끼를 들고 되찾았다는 내용이 있다.

신화에서는 시바에게서 도끼를 선사받은 파라슈라마가 크샤트리야를 전멸시키고 감사의 인사를 하러 찾아갔다. 그러나 아버지 시바의 명상이 방해받지 않도록 보초를 서던 코끼리 얼굴의 가네쉬와 싸움을 벌여 그의 상아 하나를 날려버렸다. 그리고 자신이 시바에게 받은 활은 라마야나의 라마에게 전해주고 전사로서의 역할을 마친다. 흥미로운 점은 한 시대에 비쉬누의 두 화신이 등장하고 서로 만나기까지 한다. 이러한 내용 또한 인도신화에 있어 전혀 문제없는 것은 신은 어떤 모습으로든지 나누어 나타날 수 있다고 보기 때문이다. 마하바라타에서의 여섯 번째 화신 파라슈라마는 자신의 제자인 비슈마에게 싸움에서 패하고 전설의 뒤안길로 사라진다. 이 화신의 등장과 퇴장은 그 시대를 반영하는 카스트의 질서가 급변하고 역전되는 이야기의 산물로 볼 수 있다.

일곱번째 화신 라마는 마하바라타에서도 등장하지만 본격적인 주인공으로 활약하는 것은 마하바라타와 쌍벽을 이루는 대서사시 라마야나(Ramayana)이다. 브라흐마의 조카이자 거인족 락샤사(Rakshasa)의 왕 라바나(Ravana)는 실론섬을 근거지로 삼고 세상을 어지럽히고 라마의 약혼녀인 시타(Sita)마저 납치해갔다. 신들조차 두려워하는 이 악마왕을 비쉬누가 라마로 화현하여 퇴치한다는 조금은 고루한 줄거리이다. 이 신화의 배경은 끝없는 분열과 대립, 반목과 배신이 난무하던 다양한 민족들의 각축장과도 같은 시대적 흐름을 반영한다. 저항을 거듭하던 원주민들이 지금의 남인도로 쫓겨나듯 밀려나 결국 섬나라인 실론(Ceylon)까지 숨어들어 갔지만, 그 뿌리까지 찾아 섬멸했다는 내용인 셈이다.

승자는 항상 선하고 반대세력은 악으로 규정되듯이 적을 토벌한다는 명분이 고작 자신의 약혼녀를 납치했다는 다소 황당한 줄거리이다.

숨어있는 내용을 추정해보면 자신의 약혼자로 대변되는 동맹세력이 적의 편에 섰기에 응징하고 토벌한다는 내용인 것이다. 또한, 섬과 대륙을 잇는 연육교를 원숭이 부대가 동원되어 이었다는 신화는 당시 이 전쟁에 엄청난 인원이 동원되었다는 암시이다. 하늘을 나는 원신(猿神) 하누만(Hanuman)이 산봉우리를 잘라 던졌다는 내용에서는 엄청난 화력을 자랑하는 무기들이 다 동원되었다는 추측을 낳게 한다. 어찌되었든 이 전쟁은 토착민을 완전히 굴복시킨 마지막 전쟁이라고 보아도 과언이 아 닐 것이다.

그 다음의 여덟 번째 화신은 크리쉬나(Krishna)로 전 인도인들이 가장 사랑하는 이야기들로 넘쳐난다. 이 화신에게는 당시의 다양한 민담들이 녹아들어 온갖 치장으로 총천연색이 된다. 사랑스런 어린아이, 장난꾸러 기 목동에 일만 명의 여인들과 놀아나거나 유부녀를 꾀여 내는 난봉꾼 으로 묘사되지만 인도인들은 이를 도덕적으로 비난하지 않는다. 오히려 수많은 분야에서 이 이야기를 나타내기를 좋아하고 춤과 음악, 그리고 무용과 조각, 그림 등 예술로 표현하기를 즐겨한다. 인도인들에게 있어 신의 행위는 인간의 도덕과는 무관하게 인식하는 것인지도 모른다.

　인도 신화에서 비쉬누는 다양한 형태로 인간적인 면과 지고한 존재인 신의 모습을 동시에 보여주고 있다. 전사의 모습과 왕자의 풍모를 보이기도 하는 크리쉬나는 '검은 피부를 가진 자'라는 의미로 인도 대륙에 유입된 민족인 아리안(Aryan) 계통의 종족과 토착민족 드라비다족의 혼혈로 추정할 수 있다. 그는 쿠루(Kuru)대전쟁에서도 직접 전투에 나서지 않고 아르쥬나(Arjuna)의 스승으로 또는 작전 참모격인 마부로 등장한다.

　역사적 관점에서는 타 종족간의 전투에 직접 개입하지 않고 중간자적 위치를 견지한 토착세력의 입장을 반영한 결과로 볼 수 있다. 그렇다하여 크리쉬나는 이 전쟁과 무관하지 않으며, 인간세상에서는 자기 고모의 아들, 즉 판다바스(Pandavas)편에 서서 싸운다. 마하바라타는 크리쉬나의 깊숙한 관여를 이야기하며, 바가바드기타에서는 절대 신격인 크리쉬나에 의해 전쟁에 참여한 대부분이 죽음을 이미 예약한 무리들로 묘사된다. 이 전쟁을 끝으로 그동안 끝없이 벌어진 크고 작은 영토분쟁과 권력쟁투는 종지부를 찍게 된다.

마하바라타를 신화적 맥락이 아닌 전쟁 역사적 관점에서 보면, 18일 동안 벌어지는 전투에서 수십만 대군이 쿠루평원에서 대부분 전사한다. 이로써 바라타(Bharata)족은 더 이상 전투를 수행할 전사들이 사라지고, 이 전쟁의 후유증으로 크리쉬나의 일족인 브리슈니 야두족 또한 내분을 겪으며 자멸한다. 이 전쟁에 자의반 타의반 참여해야 했던 군소 국가들도 더 이상 전쟁을 치를 명분과 힘을 잃게 되었다. 이들의 희생으로써 크리쉬나는 자신의 역할인 평화로운 세상 유지의 목적을 달성한 일반적 시각으로는 다소 모순된 신화이다.

힌두교의 9번째 화신으로 등장한 석가모니를 많은 불교 신자들이 잘 모르거나, 아는 이들은 힌두교에 대한 불교의 승리로 말하기도 하지만 사실과 다르다. 힌두교는 그저 그런 종교가 아니며, 수 천년동안 이어져 흘러온 도도한 강물처럼 인도인들의 정신에 녹아있는 종교문화이다. 따라서 불교도 독창적 종교운동이나 철학사상이라기보다는 동일한 대지로부터 같은 자양분을 먹고 자란 열매가 다른 나무와 같다고 본다. 또는 지나온 장소가 다를 뿐, 인도라는 아대륙에서 흘러와 큰 강으로 합류하고야 마는 샛강으로 보는 것이다.

굳이 많은 성자들과 성인들이 있는데도 불구하고 불교의 시조인 석가모니를 비쉬누의 아홉번째 화신으로 꼽고 있다는 점은 많은 해석의 여지가 있다. 그 만큼 한 시기 불교의 영향력이 지대하였음을 미루어 알 수 있으며, 힌두이즘은 불교에 대한 원망을 엉뚱한 포석으로 깔아두고 있다. 힌두교에서는 종말의 즈음에 악의 무리들이 곳곳에서 날뛰며 무질서를 만들어 세상을 혼란에 빠뜨린다고 하였다. 아홉번째 화신은 그 많은 악의 무리들을 모두 통합하여 먼저 지옥으로 이끌고 간 존재가 바로 석가모니라고 말한다. 다시 말하면, 악한 무리들의 우두머리가 되어 자기를 희생한 비쉬누의 화신으로 보는 것이다. 불교도들이 들으면 불편할 내용이지만 현재 인도 내 불교의 영향력은 거의 사라지고, 다시 힌두교도가 대부분인 인도에서는 그저 대수롭지 않은 신화로 치부된다.

인도 신화에서 비쉬누의 화신(化身;Avatara)은 열 번째까지 언급되고 있다. 지금까지는 아홉 번째의 화신까지 등장했으며, 마지막 열 번째의 화신은 검은 피부에 백마를 타고 긴 칼을 휘두르는 칼키(Kalki)라는 이름의 존재이다. 이 화신은 인류의 구원자가 아니라, 지금까지의 인류를 모두 멸하고 새로운 존재를 세우기 위한 멸망의 화신으로 묘사된다.

비쉬누의 화신사상에서 주목할 점은 힌두교를 보호하고 적대적인 세력에는 단죄를 하는 정당성을 신화에 결부시키고 있다는 것이다. 특히 아홉 번째 화신으로 등장시킨 불교의 교주 석가모니는 적대적인 세력을 멸하는 방법보다는 아예 희생의 화신으로 만들었다. 끊임없이 자신들의 권위에 도전하고 신분질서를 어지럽힌 불교를 못마땅하게 여긴 힌두교에서의 반격과도 같다. 권력의 최고층에 있던 제사장들의 권위가 추락하게 된 것도 불교의 융성에 기인하며, 그 충격으로 새로운 길과 대안을 모색해야 했던 힌두교이다. 그 동안 전쟁을 통해서 급진적인 변화의 과정이 있었다면, 종교와 사상은 눈에 보이지 않지만 문화의 흐름을 바꾸는 동기가 되었다. 알게 모르게 신들의 권위가 바뀌거나, 위정자의 태도와 민중들의 잠재된 문화의 욕구들이 변화를 가져오는 계기가 되었다.

　이 모든 흐름에 맞추어 요원의 불길처럼 번져간 불교의 확장은 당시 신분사회 구조에 큰 변화를 주었고 종교문화의 변동에 주요한 역할을 담당했다고 볼 수 있다. 그러나 불교의 근본사상 또한 갑자기 어디선가 솟아나온 새로운 흐름이기보다 힌두교라는 토양에서 성장했다는 점을 부정할 수 없다. 모든 생명들은 차별 없이 스스로의 자각(自覺)으로 윤회에 들지 않는다고 설파한 석가모니의 영향력은 기존의 질서를 무너뜨렸다. 그 바탕이 되는 사상들은 다양성의 바다와도 같은 인도의 철학적 사유와 요가의 실천수행까지도 공유하였다. 많은 이들이 불교에 입문하였고, 이에 자극받은 힌두교에서도 베다경전을 중심으로 한 제식만능주의에서 벗어나 철학이론으로 무장한 사조(思潮)들이 등장하게 되었다. 힌두이즘은 대중을 위한 철학적 원리와 실제적 수행을 위한 안내서의 필요성이 요구되는 변화의 시점에 이르렀다.

# 5. 신화를 배경으로 한 세상의 변화양상

모든 것을 뒤섞고 아우르는 인도문화의 사상근저에는 어떤 것도 크게 다른 특별함을 인정하지 않고 배타적이지도 않다. 인도의 다양한 종족들만큼이나 지리적, 환경적 풍토가 이를 대변하고 있다. 그러나 한편으로는 인간적인 야망이 신의 이름과 명예를 차용하고, 그 신의 뜻을 빌미삼아 악으로 규정한 다른 민족을 지배하려는 명분도 필요했다. 마하바라타와 더불어 인도 대 서사시 양대 산맥으로 꼽히는 라마야나(Ramayana) 줄거리가 그러하다. 라마야나는 전쟁을 수행할 만큼의 대의적 명분에서는 매우 빈약한 소재들을 차용하고 있다.

라마야나에 의하면, 실론(Ceylon)섬에 자리 잡은 악마왕 라바나(Ravana)는 악의 최종세력으로 섬멸할 대상이다. 라마야나는 유지의 신 비쉬누가 라마(Rama)로 화신하여 자신의 약혼자인 시타(Sita)를 납치해 간 악마를 처치하기 위해 원숭이군대를 이끌고 지금의 스리랑카, 즉 실론섬을 초토화하는 내용이다. 악마로 규정한 존재를 퇴치하기 위한 명목을 설정하고, 인간으로 화신(化身;Avatara)한 신이 남부 인도지역과 실론섬까지 점령하는 전쟁서사이다.

이 줄거리는 실론섬까지 밀려난 원주민들을 복종시키고 귀속시키는 전쟁이야기인데 실론섬의 입장에서는 본토로부터의 무자비한 침략인 셈이다.

이 전쟁설화는 인도뿐만이 아니라 태국과 캄보디아, 인도네시아 등 인접한 나라에 힌두문화가 큰 영향을 미치고 있었다는 방증으로 힌두사원들과 다양한 유적들을 남기고 있다. 또한 불교와 결부되어서는 많은 이들에게 사랑받는 중국의 고전 서유기에도 그 특성들이 고스란히 연결되어 있다. 손오공은 원숭이 군대의 왕이자 신으로 모셔지는 하누만(Hanuman)과 같은 유형을 보여준다. 결국 시기적으로 서유기에 등장하는 손오공은 중국문화에서 창조된 것이라기보다 인도의 신화 하누만에게서 그 원형을 찾을 수 있다.

# 6. 마하바라타 & 바가바드기타

바가바드기타의 이해를 돕기 위해 그 배경이 되는 마하바라타의 내용을 간략히 정리하여 소개하고자 한다. 고대 인도인들은 인도 아대륙(亞大陸)을 신들의 또 다른 무대로 인식했으며, 자신들 또한 신들의 보호를 받는 존재로 믿었다. 위대한 바라타족의 이야기라는 의미의 마하바라타는 많은 인도인들이 자신들을 바라타의 후예로 믿으며 긍지를 삼는 근거가 되었다.

바라타 왕국의 적통 판다바스로 불리는 다섯 형제들은 부친 판두 (Pandu)왕이 눈먼 형에게 임시로 맡겨둔 왕권을 되찾기를 원했다. 그러나 판다바스의 맏형 유디스티라(Yudhistira)는 눈먼 숙부의 아들이자 사촌 카우라(Kauravas) 형제들의 맏형 듀료다나(Duryodhana)의 간계에 빠져서 도박판을 벌인다. 판다바 형제들은 이 사기도박으로 왕권과 모든 것을 잃고 13년 동안 숲속에 유배되었다.

모진 고난을 극복하고 약속한 기한이 되어 유디스티라가 듀료다나에게 자신의 왕국을 돌려달라고 요구했다. 그러나 가문 어른들의 만류와 크리쉬나신의 중재에도 불구하고 판다바 형제들의 요구는 받아들여지지 않았다. 이로써 판다바스와 사촌형제들인 카우라바스를 지지하는 세력들이 편을 나누어 수십만 명의 전사들이 죽음을 맞이하는 18일간의 대 전쟁이 벌어지게 되었다. 이처럼 바라타족의 역사와 신들까지 개입된 얽히고 설킨 인과관계들의 종극이 전쟁이며 마하바라타 서사시의 정점이다.

마하바라타에서는 인간세상의 숱한 대립과 갈등을 야기하는 원인들이 전생과 현생에 걸쳐 난마처럼 무수히 얽혀 있다. 결국 전생의 인연이라는 과보로 인해 현생에서 당연히 업을 해결해야만 하는 필연적인 숙명을 과제로 삼고 있다. 여기에 더하여 신들의 개입과 힘의 논리들이 인간세상에까지 영향을 미쳐서 권력암투와 대리전 양상까지 넘나드는 점입가경의 내용으로 가득 차 있다. 마하바라타에는 인연과 과보, 숙명과 불멸이라는 사상적 배경 못지않게 외향적으로도 정치, 신분, 전통의 고수 등 당시의 혼란상이 고스란히 담겨져 있다.

마하바라타의 저자는 비야사(Vyasa)로 알려져 있지만 작품에 대한 정확한 근거자료 없이 오히려 신화적 요소로 뒤섞여 있다. 비야사는 한 브라만 성자가 뱃사공 처녀를 강제로 범하여 낳은 비도덕적인 출생의 모호한 과거를 안고 있는 인물이다. 그런 그의 자식들이 왕위를 이었기 때문에 정작 바라타족의 멸망을 이끈 것은 비야사로부터 비롯된 운명이었다고 볼 수 있다. 정당한 바라타족의 후계가 아니라 씨가 다른 모계(母系)로부터 이어진 계보이며, 그의 눈먼 아들 드리타라스트라와 판두의 자손들에 의해 왕국이 멸망한다. 이 비야사가 죄의식이든 성자의 양심이든 이 긴 이야기를 구술로 남김으로써 마하바라타라는 대서사시가 만들어졌다.

마하바라타는 지혜를 상징하는 시바의 아들이자 코끼리 머리를 가진 가네쉬(Ganesh)가 비야사의 구술을 받아 적은 서사시로 알려져 있다. 결국 신화적 배경에서 출발한 이 작품은 내용도 신화적 요소가 가득하다.

또한 편집자 역시도 신의 도움을 받은 것이므로 역사를 여기에 개입시키는 것은 어울리지 않는다.

마하바라타의 쿠루평원 전쟁이 역사적인 사건이었다는 점에서는 인도의 학자들도 공통적으로 그 가능성을 의심하지 않는다. 그러나 인도 고전들의 연대를 고증(考證)한다는 것은 어떤 면에서는 무의미하다. 왜냐하면, 이미 언급한 것처럼 인도인들은 과거에 일어난 시간을 무시간성으로 되돌리는 시도인 윤회(輪廻)라는 범주에 넣어버리기 때문이다. 따라서 역사적 맥락과 사실마저도 심하게 뒤틀리거나 순서가 바뀔 가능성을 배제할 수 없다. 이런 그들의 사유를 이해하기 전까지는 역사적 사실과 시간대를 굳이 따져야 할 필요조차 없는 것이다. 한마디로 태어난 생명은 유지되다가 죽음이라는 필연을 맞게 되는데, 거기서 끝나지 않고 또다시 못다 이룬 원을 끝마치기 위한 회귀를 무한 반복한다는 설정이다. 도무지 빠져나올 수 없는 이러한 반복은 개미지옥처럼 인간의 사상세계를 절망으로 빠뜨리게 한다. 여기에 이를 탈출할 수 있도록 해방구를 만들어 놓은 것이 절대성에 귀의(歸依)이며, 요가수행이라는 실천의 길까지 제시해두었다.

마하바라타의 내용 전개와 별개로 바가바드기타의 대화 내용에는 상당히 생경한 간극(間隙)이 존재한다. 마하바라타는 왕국의 왕권을 둘러싼 계보(系譜)와 신들과의 관계, 인과(因果)의 결말에 관한 오랜 이야기들이다. 왕권을 놓고 싸우는 사촌간의 갈등이 전쟁이라는 극단적인 상황까지 몰고 가서 파국적 결말을 맞는 내용이다. 그런 마하바라타의 정치적 상황과 무관하게 바가바드기타는 전혀 엉뚱한 종교적 가르침과 요가의 실천 그리고 존재의 의미를 설명하고 있다.

바가바드기타는 마하바라타를 배경으로 하여 철학과 종교를 아우르며, 사회적 역할과 불멸성에 관해 설명하고 있는 경전이다. 갈등의 최고조인 전쟁이라는 극한 상황에서 신이 스승의 역할로 인간제자에게 대화를 이어가는 형식으로 풀어간다. 마하바라타에서는 판다바스 셋째인 아르쥬나의 친구이자 친척인 크리쉬나가 바가바드기타에서는 인간의 몸으로 화신한 요가의 스승으로 등장한다. 전쟁이라는 인간 살육의 현장에 전차몰이꾼 역할로 나선 크리쉬나는 싸우기를 주저하는 전사에게 자기 의무를 다하기를 설득하고 있다.

　마하바라타에서는 수십만의 군사들이 왜 이 전쟁을 치러야 하는지도 모른 채 18일 동안 하루하루의 광기로 죽어간다. 특이할 점은 이 모든 것이 악의 시기를 다한 인간들을 소멸하고자 하는 유지자 비쉬누의 은총이란 설정이다. 예정된 죽음들을 아르쥬나라는 전사의 손을 빌어 이미 죽은 것과 다름없는 현재적 생명들을 마감하려 하는 신의 계획이 놀랍다. 마하바라타와 바가바드기타는 모든 존재가 예정된 운명을 갖고 있는데도 마치 현생에서 욕망을 충족시킬 것처럼 착각하고 있다고 말한다. 어쩌면 이 주제들은 무의미한 부귀와 명예를 탐하는 인간의 어리석음을 우회적으로 상정시키고 있었는지도 모른다.

　엄숙한 제의식이나 경건한 여타의 경전들은 그것을 이해하는 특정한 이들에게만 한정된다. 그러나 전쟁이라는 아수라장을 배경으로 한다면 신분고하를 막론하고 모든 이들이 이 이야기에 담긴 허무한 결말을 이해할 수 있을 것이다. 다만, 마하바라타와 바가바드기타는 동일한 배경을 통하여 인간의 삶에서 세속적인 영화의 허무한 결말보다 더 우선하는 것이 있음을 분명히 하고 있다. 인간의 삶에서 무엇이 가장 중요한 것인지를 제시하고, 모든 교화과정에서도 결국 신에게 의지할 수 밖에 없는 인간의 부족함을 드러내고자 한다.

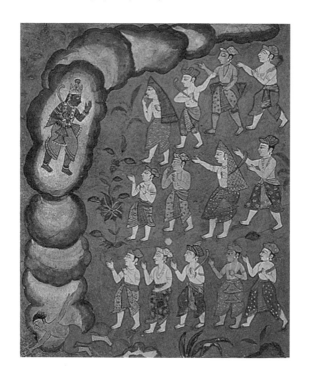

바가바드기타에서는 비록 아르쥬나가 용감한 전사이지만, 인간의 번뇌를 극복하지 못하고 방황한다. 그가 신의 도움으로 더 지고한 이상향이 있음을 깨달아 가는 과정을 설명하고 있다. 인간내면에 자리한 나약함과 두려움 그리고 의심을 잠재우기 위해 신은 우주적 권화(權化) 즉, 만신전의 모습으로 그 장엄함을 한꺼번에 드러낸다. 크리쉬나는 아르쥬나가 자신을 신으로 알고 있었는데도 불구하고 굳이 우주를 유지하는 신의 모습을 보여준다. 의심의 꼬리를 물고 있던 아르쥬나에게 무지한 인간은 불멸성을 획득할 수 없으며 오직 지혜를 통해 도달할 수 있다고 가르친다. 또 다른 길은 헌신의 요가를 통한 신에게 완전히 귀의한 자의 태도에 대한 설명을 하고 있다.

바가바드기타는 인도인들이 자긍심을 가질 만큼 가장 사랑하는 경전이자 널리 알려진 문학 작품이다. 많은 경전들이 고래로부터 있어왔으나, 일반 대중들에게 공히 이처럼 사랑받은 테마도 유래를 찾기 힘들다. 카스트라는 신분제도가 공고한 힌두전통사회에서 그 뿌리를 손상시키지 않고 인정하거나 가능성을 열어두었다는 점에서 그 가치와 의미가 크다 할 것이다. 엄격한 제도와 윤리가 강조되는 사회는 외면적으로는 반듯하게 보일지라도 물 풍선을 누르면 눌린 부분만큼 다른 곳이 튀어나온다. 이처럼 제도의 경직성에 숨 막혀서 벗어나려는 욕망이 강해지고 윤리가 강조될 때는 그 건조함에 반발하여 감정적 향수와 일탈이 고개를 든다. 바가바드기타는 이러한 사회적 분위기를 반영하면서도 카스트의 견고함을 뚫고 피어나는 연꽃과도 같은 느낌을 준다.

제사 만능주의 브라만 사제들은 신의 대리자로서 오랫동안 독점적 지위를 유지했으며, 대서사시 라마야나에서는 오히려 강화된 측면이 강하다. 신의 7번째 화신으로 등장하는 라마는 비쉬누의 화신이면서도 시바의 은총을 구하는 장면이 나온다. 이는 신의 권위가 각축되고 정리되는 과정으로 해석해 볼 수 있는 한 단면이다. 어쩌면 역사적, 정치적 관점이 종교적인 현상에 반영된 결과물일지도 모른다.

이를테면, 다양한 민족으로 구성된 인도인들이지만, 유입된 유목민족 아리안들이 토착문명의 담지자였던 드라비다인들을 물리치고 지배계급으로 등극한 채 오랜 시간을 이어왔다. 그리고 미처 아우르지 못한 방대한 땅까지 차지하기 위해 잔당세력 또는 저항의 잔재들을 정리할 필요가 있었을 것으로 보인다. 그런 점에 비추어보면 토착 농경민족의 신이었던 시바에게 유지의 신 비쉬누가 화신으로 등장하여 은총을 구하는 장면은 가히 인도다운 풍경이다.


많은 이들이 바가바드기타의 구절들을 해석하고 주해를 달고 있지만, 어쩌면 산의 형태보다는 산에 심어진 나무들만을 이야기하는 관점도 발견된다. 물론 구절의 경구들에 대한 다양한 해석이 중요하지 않다는 점이 아니다. 단어 하나하나의 의미가 신의 가르침이라 할 때, 그 의미를 이해하려면 충분한 공감이 이뤄져야 한다는 전제가 있다. 결국 이 모든 이야기들에 함축되어 있는 본질적 의미는 불멸성에 귀의하라는 신의 가르침이 그 귀결이다.

그것은 신에 귀의하고, 인간세상에서의 의무를 다하며, 무지로부터 벗어난 지혜로써 초월적 영역에 도달하라는 가르침이다. 그 영역은 천국과 지옥이라는 이분법적 차원이 아니라 덧없는 고통의 세계인 인간세상에 더 이상 집착하지 않기를 강조하고 있다. 이는 죽음과 재생을 반복하는 윤회의 수레바퀴에서 벗어나라는 신의 직접적인 설득인 셈이다.

기타에서는 대화의 대상이 신과의 대화를 이어가는 아르쥬나와 눈먼 왕, 그리고 눈먼 왕에게 보고 듣는 그대로를 실황 중계하는 산자야 네 사람에 불과하다. 그러나 이 대화는 시공간을 초월하여 전 인도인들이 가장 사랑하는 대화가 되었고, 전 세계 수많은 이들에게 들려준 고차원적인 종교적 가르침이 되었다. 죽음이라는 선물을 앞에 두고 풀어보지도 못하고 망설이며 외면하는 수많은 살아있는 영혼들에게 들려주는 종소리와 같다. 그 소리는 이미 예정된 죽음을 받아들이고 살아있는 시간 동안 전사처럼 무지와 싸우라는 강한 울림이다.

# 7. 바가바드기타의 사상(思想)

바가바드기타는 고대 인도의 대서사시 마하바라타의 제6권에 포함된 약 700편의 시문(詩文)으로 이루어진 '신이 부르는 노래'로 알려진 힌두경전이다. 이 경전은 기원전 2세기에서 기원후 5세기 사이에 성립되어 8세기경의 상카라(Shankara), 11세기경 라마누자(Ramanuja)의 주석(註釋)에 의해 전해지고 있다.

바가바드기타는 베다 경전처럼 그 의미를 해독할 수 있는 특정계층이 아닌 인도인들의 삶에 녹아든 대중들을 대상으로 한 경전이다. 특히 기타는 그동안 특정계층의 전유물처럼 여겨졌던 해탈의 가능성을 한정하거나 대상화하지 않고 전 계층에 열어두고 있다. 이는 브라만 계급의 쇠락과도 관계가 있는 시기로 보이며, 힌두교에서 최초로 해탈의 보편성을 인정하고 있다는 점에서 특별한 의미를 가진다. 바가바드기타는 대서사시 마하바라타 제 6권의 부록 정도로 알려지기도 했으나 그 내용의 독자성으로 인해 하나의 문학작품으로 읽혀져 왔다.

　바가바드기타가 원래 마하바라타의 일부인가 아니면, 모든 것을 통합하는 인도인들의 특성으로 볼 때 독자적 작품인지는 여전히 논란의 여지를 남기고 있다. 하지만 수용성이 큰 인도문화에서 시기적 고증이나 독자성에 관한 여부는 어쩌면 중요한 문제가 아닐 수도 있다. 성자 비야사가 가네쉬 신에게 구술로 전했다는 마하바라타는 리그, 야쥬르, 사마, 아타르바, 네 개의 베다를 언급하고 있다. 그렇지만 바가바드기타에는 아타르바베다가 빠진 세 베다만을 언급하고 있다는 점에서 시대적 우선순위에 관한 이견들이 존재한다. 즉, 바가바드기타가 마하바라타 이전의 작품이고, 차후에 마하바라타에 끼워 넣은 것이라는 주장에 근거를 제공하는 것이다.

마하바라타의 전 줄거리를 관통하고 있는 다르마(Darma)의 수호는 계급사회 카스트가 공고한 시기에는 가장 중요하게 여긴 명분이었다. 이 다르마에 대한 논의 즉, 의무와 책무의 실행은 바가바드기타에서도 첫 장부터 강조하고 있다. 망설이는 아르쥬나를 향한 크리쉬나의 가르침은 자기에게 주어진 의무를 다하라는 일성(一聲)으로 시작된다. 이는 전쟁이라는 극단적 상황에서도 다르마의 원리를 설정하고 요가의 가르침을 무시간적 시간에서 설명하고 있다.

바가바드기타는 조상들이 이룩한 땅 쿠루크쉐트라 벌판을 무대로 한 비극적인 동족상잔의 전쟁을 배경으로 두고 있다. 사촌형제들이 왕권을 차지하기 위하여 살육전을 벌이려는 극적인 상황에서 인간의 몸으로 화신한 신과 인간의 대화가 시작된다. 이 전쟁이 시작되기 직전 판다바 다섯 형제 중 셋째인 전사 아르쥬나와 그의 마부 역할을 맡은 크리쉬나 신과의 문답형식으로 전개되는 내용이 바가바드기타이다. 전쟁터에 나선 아르쥬나는 상대편 진영에 도열한 사촌들, 스승들, 할아버지 등 친족들을 바라보며 고뇌에 빠진다. 자신의 친족을 죽여야 하는 이 전쟁에 회의를 느낀 그는 싸우기를 단념한다. 동족을 죽이고 왕국을 갖는다는 것보다 오히려 그들의 손에 죽는 것이 고통을 벗어나는 길이며 차라리 모든 것을 버린 수행자의 삶을 원한다. 그러나 크리쉬나는 아르쥬나에게 의무를 다하는 싸움에 임하라고 준엄하게 꾸짖는다.

크리쉬나는 전쟁수행이 전사에게 부여된 의무라는 것을 강조하면서 피할 수 없는 인과관계를 설명하고 있다. 그러나 크리쉬나의 설득이 전쟁을 채근하고 무사의 도리를 다하라는 강요는 아니다. 그 가르침의 요체는 전쟁 그 자체에 대한 옹호가 아니라, 자신에게 부과된 의무와 책임을 회피하려는 나약한 의지를 확고하게 세우는데 있다. 아르쥬나의 망설임과 우유부단함으로 인한 수많은 엇갈림을 확고한 의지로써 당당하게 받아들이기를 강조하고 있다. 즉 역할의 회피가 왜 옳지 않은가를 인식하려는 것으로 아르쥬나라는 한 인물의 설정을 통하여 모든 독자들에게 던지는 메시지이다.

바가바드기타는 전쟁이라는 극한 상황을 공간적 배경으로 삼아 신과 인간의 대화라는 형식으로 풀어내고 있다. 이 대화는 인간내면에 감추어진 나약함을 드러내고, 존재의 이유와 궁극의 진리에 대한 갈증을 대변한다. 인간세상에서 일어나는 숱한 모순과 갈등은 전쟁터로 상징되며, 대적하는 세력은 번뇌(煩惱)의 요소인 셈이다. 따라서 아르쥬나의 번뇌는 한 인간의 고통과 슬픔만이 아니라, 육체를 가지고 태어난 모든 존재들이 풀어야 하는 공통적인 과제인 것이다.

바가바드기타는 올바른 길을 선택하고 실행함으로써 자신에게 주어진 운명에서 벗어날 수 있다고 말한다. 삶과 죽음이 교차하는 순간에 인간의 정신력은 극한 절망과 용기 사이에서 선택을 강요당하기도 한다. 크리쉬나가 설명하는 가르침의 본질은 한계 지워진 운명적 자아(自我)에서 벗어나 불멸성을 획득하는 진아(眞我)에 대한 분별력의 획득이다. 다만, 배부른 사람에게서는 의미 없는 권유이며, 죽음에 대한 인간적인 두려움과 연민이 교차하는 절심함의 자세가 요구되는 시점을 의미한다.

마하바라타가 삶의 과정에서 연결되는 수많은 인연들의 고리를 이어가는 이야기라면, 바가바드기타는 인간의 삶에서 필연적인 인연의 과보조차도 신이 주관하는 섭리의 일부라는 점을 드러낸다. 신이 인간에게 적군일지언정 눈앞에 있는 사촌과 스승들 그리고 친척들을 죽이라고 설득하는 것은 인간의 도덕과 윤리의 눈으로는 엄청난 모순을 보여준다.

그러나 바가바드기타에서 드러내고자 하는 것은 사건의 갈등을 해소하라는 것이 아니라 인간의 내면세계를 관통하고 있는 영적사유의 깊은 통찰이다.

바가바드기타에서 크리쉬나가 아르쥬나에게 무사의 의무 즉, 다르마의 실천을 여러 차례 강조하고 있지만, 그것은 비단 싸움터에서의 역할이 아니라 내면에서 일어나는 치열한 번뇌와 싸우기를 말하고 있다. 크리쉬나는 신이자 인간의 친구로서 이해할 수 없는 논리가 아닌 실천적인 삶을 요가라는 길로 제시하고 있다. 이 요가의 가르침은 형식적인 제의나 무지에 의한 집착을 버리고 분별의 지혜를 획득하여 변화의 요소들로부터 벗어나 절대성으로 나아가는 실천의 길이다.

바가바드기타의 고차원적인 영성에 관한 내용면에서 인간의 모습으로 화현한 크리쉬나신은 다양한 예를 들고 있다. 기타의 다양한 예시들

은 상당부분 베다의 내용을 차용하고 있으며, 상키야철학 이원론의 유사성과 구나스(Gunas)에 대한 구체적인 설명을 하고 있다. 또한 실제적 요가의 실천을 강조하고 있다는 점에서 특정시기에 한정되지 않고 모든 사상적 교류가 하나로 융합되고 있다는 것을 알 수 있다. 바가바드기타에서 브라흐만은 고대신화에서의 창조신이나, 인도고전의 번역 상 의미적 오류로써 많이 혼동되는 사제(司祭) 브라만과는 전혀 다른 용어이다. 우파니샤드(Upanishads) 시기의 브라흐만은 하나의 철학적 사유에 기반하고 있는 범(凡)사상이며 편재하는 보편적 진리를 의미한다.

우파니샤드에서의 브라흐만은 모든 생명에 깃든 절대성이자 개별적 자아의 토대로서 내면적 주재자인 아트만과 동일시되지만 그 구분이나 경계는 모호하다. 하나의 영혼은 독립되어 있지만 그것은 육신이 머물러

있는 시간에 한정되며, 그 수명이 다 되었을 때, 다시금 불활성의 공간으로 환원된다. 다만, 그 영혼이 못다 한 원이 있었을 때나 더 순수한 차원에 도달되지 못하는 집착이 있는 한 끊임없는 윤회의 수레바퀴에서 벗어나지 못한다. 그 순수한 영혼을 알고자 하는 이는 인간의 길이 아닌 신의 길을 선택하고 실천을 해야 한다는 논리이다.

브라흐만은 지고한 존재(Sat), 의식(Cit), 환희(Ananda)의 인격적인 측면과 절대성이라는 범우주적 모체이다. 따라서 어디에도 구속됨이 없으며, 또한 어디에든 존재하는 편재성을 가진 무한한 불멸성이다. 모든 물질과 비물질은 브라흐만으로부터 비롯되며 이미 창조된 것은 영원하지 않기에 본질로 되돌아가는 것이다.


바가바드기타는 영혼의 불멸성에 이르기 위한 방편으로 요가를 가르치고 있다. 요가는 알지 못하기에 반복하는 무지로부터 벗어나 분별의 지혜로써 깨달음을 얻기 위한 진리의 추구이다. 그것은 단지 방향성이 아니라 세속적 욕망의 포기이며, 스스로의 의지로써 집착으로부터 벗어나는 노력이다. 한발 한발 딛고 걸어가는 실천의 길이며, 불멸성에 이르기 위한 다양한 방편들의 총합이다. 이처럼 요가는 다양한 의미로 전달되지만 바가바드기타에서는 세 가지 요가의 길을 제시하고 있다. 그 길은 분별하는 지혜를 바탕으로 한 실천적 삶과, 신에게 헌신하는 길이다.

분별하는 지혜(Vikalpah)는 말이나 논리가 아닌 직접적인 경험을 통하여 영원한 것과 덧없는 것에 대한 구분을 의미한다. 따라서 수행자는 육체, 마음, 그리고 자아라는 의식까지도 진정한 진아(眞我)가 아니라는 것을 깨달아야 한다고 말한다. 자아가 인식의 주관자가 아니라 세상을 비춰주는 거울처럼 진아에게 행위 그 자체를 보여주고 있을 뿐이다. 이 지혜는 세속적 욕망의 집착에서 벗어나게 하며, 무지에서 비롯되는 모든 행위의 악한 결과들에서 자유로운 존재로 이끈다.

실천적인 삶이란, 덧없는 논의의 이어짐이 아니라 분별하는 지혜로써 흔들림 없는 의지를 가지고 진리를 향하는 삶의 태도이다. 이 행위의 길에서는 인간이 육체를 지니고 사는 동안 매 순간 행위를 하고 있다고 인정한다. 요가수행자의 행위는 무조건적 포기가 아니라, 행위의 결과에 대한 집착이 없는 욕망의 단념이라고 강조한다.

헌신의 요가에서 귀의자(歸依者)의 태도는, 신에 대한 믿음과 사랑이 다른 방편보다도 우월하게 깨달음의 자각으로 이끄는 길이라고 가르친다. 그것은 신분이나 계층, 지식의 구분이 없이 순수한 영혼에 이르는 가장 확실한 구원의 길로 제시된다. 신의 귀의자는 모든 것 속에서 신을 보고, 신 안에서 모든 것을 본다. 그렇다고 해서 인간의 노력이 불필요한 것은 아니며, 실천행위를 통하여 세상에서 해결해야 할 카르마(Karma)까지도 신에게 귀의함으로써 소멸된다고 말하고 있다.

기타에서 제시하는 요가의 길은 어떤 길을 선택했을지라도 궁극적인 불멸성에 귀착하지만, 그의 의지에 상응하는 길을 안내할 뿐이다. 이 세 가지 요가의 길은 분리되어 있는 것이 아니라 어느 길로 향할지라도 연결되어 있는 신의 영역에 이르고자 하는 수행자의 길이다. 지혜가 없이는 무지한 행위를 반복함으로써 카르마의 과업을 낳게 된다고 강조하고 있다. 집착과 욕망으로부터 벗어나지 못한 행위는 위선이기에 반복의 업보를 쌓고, 그런 바탕이 없이 신에게 드리는 제의나 기도의 덧없음을 말하고 있다.

이 모든 것은 '자아를 진아로 착각하는데서 오는 무지에서 비롯된 것으로 분별심의 획득은 해탈의 등불이다.' 라고 말한다. 따라서 바가바드기타는 잠에서 깨어 미망으로부터 벗어나며, 해야 할 일에서 비켜서지 않고 순수한 영혼 즉, 신과 동일한 불멸성으로 향하기를 주문하고 있다. 죽어서 향하는 조상의 길이 아닌 신으로 복귀하는 완전한 해탈의 길을 강조하고 있다. 바가바드기타의 주요한 주제는 죽어 다시 태어나는 윤회냐 살아서의 해탈이냐 하는 그 안내서이다.

# 8. 힌두이즘의 변화

신의 계시서(啓示書)로 알려진 베다서는 학식 있는 제사장 브라만들과 왕족들인 크샤트리야에게만 해당되는 내용이다. 따라서 하위계급과 여성층은 해당이 없는 내용이 대부분이다. 힌두문화의 토양위에서 자란 불교 역시 이러한 계급문화에서 자유롭지 않았다. 모든 계층을 공히 아우른다고 표방하였지만, 여성들은 모성본능으로 인해 남자의 몸으로 다시 태어나야만 집착으로부터 벗어나 해탈이 가능하다고 하였다.

가치의 무게감을 떠나 베다경전들은 경건한 마음으로 신들을 찬양하고 인간의 도덕적인 가치관을 향상시킨 공은 크다 할 것이다. 다만, 하위계급과 여성들에게까지 공히 그 혜택이 주어지지 않는다는 점은 시대적 환경에 따른 한계이다. 한편, 이 베다경전들은 신들의 이름을 빌려 제사장들의 무소불위한 권위를 외부에 과시하고자 했던 것으로 이해할 수 있다. 그리하여 점차 제사만능과 신을 독점한 브라만들에게 반발한 다른 다양한 사상들이 각축하게 되는 시점에 이르렀다.

　특히 실천수행을 강조한 불교의 엄청난 상승세에 자극을 받은 브라만들은 이미 인기가 쇠락한 제사의식을 접어야 했다. 초기 베다에 나타난 힌두교의 사상적 기반을 실천수행의 논리로 펴고자 노력한 결과물이 우파니샤드이다. 인도 신화의 특징은 인간의 한계를 넘는 엄청난 고행을 통해서 신통력이나 깨달음을 얻은 성자들이 등장한다.

　초기 베다서의 신들은 각기 그 자신의 영역과 능력이 고정되어 있지만, 인간은 마치 벌과 나비가 모든 꽃들을 넘나들듯이 이 모든 것들에 깃들 수 있다. 그런 이유로 인간의 수행은 고정된 위치의 신들보다도 높은 능력을 얻거나 신의 영역을 초월하여 우위를 점하는 경우가 많다. 인도 신화에서는 선한 의지가 아닌 서원이나 저주를 이루기 위한 고행조차도 신의 세계인 천상계를 위협하는 경우가 허다하다. 그러한 수행의 힘으로 인하여 창조의 영역을 담당하는 브라흐마나, 수행의 원천인 시

바는 그의 원을 들어주어야 한다. 그렇지 않으면 그 고행을 통한 초월적
인 힘 또는 원은 어떤 우주적 질서의 파괴나 혼란을 가져올지 모르기 때
문이다.

베다의 끝이라 부르는 베단타(Vedanta)철학은 수행자들의 경험이 녹아
든 우파니샤드라는 이름의 경전으로도 불린다. 우파니샤드는 신의 직접
적 계시나 찬미로 가득한 베다와는 달리 이론적 체계를 설정하고 직접
적인 수행경험의 비의(秘意)를 전하는 삼림서(森林書)이다. 신들의 계보나
은총을 구하는 기존의 흐름에서 탈피하여 실질적 수행을 통해서 해탈
의 길에 이르고자 하는 큰 변화의 물결이었다. 이 시기에 깊은 철학적 사
유와 형이상학적 원리를 제시하는 다양한 학파들이 등장하였는데 이를
육파철학이라 부른다. 6파 철학의 유형과 사상을 간략하게 정리하면 다
음과 같다.

  인도의 긴 역사에서 정확한 연대기를 고증하기 쉽지 않으나, 인도철학의 논리적 토대는 B.C 600년경부터 A.D 400년경에 걸쳐 독창적 논리체계를 갖추었다. 힌두이즘(Hinduism)의 철학적 흐름은 기원 전후 시기 다양한 철학사상들이 등장하여 각각의 철학적 사유들을 논리화하였다. 전통을 고수하려는 인도철학 사조들은 그들만의 사상이론을 정립한 경전(輕典;Sutra)과, 그 의미를 이해하기 쉽도록 재해석한 주석서(註釋書;Smritis)를 가지고 자신들의 학설을 확장하였다. 인도 중세시기 종교와 철학을 아우르는 이론적 사유에 대한 논증을 강조한 중요 학파들이 내세운 사상들을 소위 6파철학(六派哲學)이라고 한다. 이 유파(流波)들은 각기 다른 논리를 주장하였지만, 베다경전의 교의를 근본적인 문제의식으로 공유하고 서로 상호 보완하면서 보편적인 삶의 철학으로 발전시켰다. 6파철학을 신의 계시서(Surthi)라고 알려진 베다(Veda)에 대한 태도에 따라 구분하면, 베다경전을 그대로 수용한 학파가 미맘사(Mimamsa)와 베단타(Vedanta)이다. 베다나 우파니샤드를 논리적으로 분석하여 오해의 요소들을 최소

화하고자 한 학파는 니야야(Nyaya)와 바이세이시카(Vaiseisika)이다. 우파니
샤드(Upanisad)의 생철학을 바탕으로 하여 이원론적 논리를 전개한 상키
야(Samkhya)와 실천 수행을 강조한 요가(Yoga)학파가 있다. 제의를 신성한
존재와 소통하는 수단으로 삼고자 했던 미맘사학파를 제외하면, 베다의
고루함을 타파하고 제식(祭式)이나 논리적 추론보다는 직접적인 수행경
험이 진리의 세계에 접근한다고 강조하였다. 인도 전통의 6파철학은 요
가(Yoga)라는 실천수행체계를 밑바탕에 깔아두고 상호보완하며 학설의
논증을 위한 각각의 논리와 고유한 이론체계를 형성하였다.

○ 미맘사(Mimamsa)학파 : (BC 200~100년경)

미맘사(Mimamsa)의 어원적 의미는 '반성과 고찰을 통한 문제의 해결'을 뜻하며, 학파의 개조(開祖)는 자이미니(Jaimini)로 알려져 있다. 이 학파는 힌두의 신성한 베다경전에서 제시한 제의(祭義)적 실천을 해탈의 방편으로 삼아 다르마(法;Dharma)의 연구와 고찰에 그 목적을 두었다. 다르마는 베다경전에 규정되어 있는 제식의 실행과 힌두교도들이 살아가면서 지켜야 할 의무를 말한다. 미맘사학파에 따르면, 삶의 근원적 문제의식의 해답을 해탈에 두었을 때, 신 또는 신성함과의 지속적인 관계를 연결하는 수단은 제의식을 통해 얻을 수 있다고 보았다. 다만, 신에게 바치는 공희(供犧)에서 그 과보(果報)를 얻는다는 맹목적 추종은 아니며, 후기 들어 오히려 무신론적 경향을 보이기도 하였다. 이런 흐름은 논리로 무장한 불교의 영향과 무관하지 않으며, 합리적인 윤회사상을 인정하여 아트만을 발견하고 해탈에서 벗어나는 것을 목표로 삼았다. 그러나 이 학파가 주장하는 논리의 근본인 베다는 신들의 이야기이기 때문에 신성은 우주의 생멸과 끊임없는 변화를 가져오며 영원히 실재하고 있다고 강조하였다. 베다는 현자(賢者)들이 깊은 명상을 통해서 영감을 얻은 신들의 메시지를 일반인들도 이해할 수 있도록 문자로 옮긴 성스러운 신의 계시서로 삼았다. 미맘사학파에 의하면, 말이라는 것은 단순한 소리를 넘어 실재하는 것이므로 말과 의미의 결합은 항구적이며, 인식상태에 있어 개인의 주관을 초월한다고 주장하였다. 특히 베다경전의 소리(Sabda)를 통하여 함축된 의미를 전달하는 수단인 주문(呪文)은 그 힘을 극대화하여 신의 영역으로 이끌 수 있다고 보았다. 힌두의 전통적인 제의에서 신에게 올리는 불공양인 뿌자(Puja)와 경전의 독송(Sabda), 그리고 우주의 기운을 받아들이는 호흡(Pranayama)과 주문(Mantra)등을 신과의 소통수단으로 삼았다.

○ 베단타(Vedanta)학파 : (BC 100년경)

베단타(Vedanta)의 어원적 의미는, '베다(Veda)의 끝(Anta)'을 뜻하며, 학파의 개조(開祖)는 바다라야나(Badarayana)로 알려져 있다. 미맘사학파가 베다 경전의 제의식에 관한 연구와 고찰을 추구하는 제사 중심주의를 표방했던 반면, 베단타는 베다에 언급된 근본적 의미에 관해 깊은 명상과 철학적 사유를 통하여 그 진정한 오의(奧義)를 이해하고자 하였다. '진리에 가까이 앉는다.'는 의미의 우파니샤드(Upanishad)라는 이명(異名)을 가진 이 학파는 베다의 목적과 결론 모두 브라흐만(Brahman;梵)이라는 절대성에 귀결된다고 보았다. 기존 브라만교의 다원론적 견해를 지양하고 다양한 현상세계의 배후에 단 하나의 궁극적이고 통일적인 실재만 있다는 일원론적인 세계관을 주창하였다. 이 학파는 사원에서 행하는 제의식(祭儀式)을 통해서 신의 경지에 이른다는 태도를 버리고 삼림(森林)으로 들어간 브라만 수행자들의 경험을 바탕으로 만들어졌다. 이 학파는 신성한 베다서에 나타난 이론적 배경에 바탕을 두고 깊은 성찰로 얻어진 참된 경험적 지식을 해탈의 수단으로 강조하였다. 절대성의 원리인 브라흐만(梵)을 사물에 내재되어 있는 근원적 힘이자 사물의 생성자로 인식하였다. 브라흐만은 대자연인 동시에 그 피조물과 동일하며, 현상세계 속에서 오랜 기간에 걸쳐 존속하다가 다시 브라흐만으로 회귀한다. 이처럼 무한히 반복되는 우주의 창조·지속·소멸과정에서 브라흐만의 개별적인 존재인 진아(眞我;Atman)는 처음부터 계속하여 윤회를 거듭한다.

따라서 아트만은 브라흐만의 다른 의미이면서 때로는 동일하게 해석되기도 한다. 즉, 아트만이 브라흐만을 인식하여 합일을 이루는 것이 인생에 있어 최고의 목적인 해탈의 목적 즉, 범아일여(梵我一如)이다. 이 학파는 제사 행위로는 올바른 지혜를 얻지 못하지만, 분별심(Vikalpa)으로 브라흐만에 대한 지혜를 확립한 개별의식은 절대성과 구별이 없어져 해탈한다는 경험철학 사조이다.

○ 바이세시카(Vaisesika)학파 : (BC 200~100년경)

바이세이시카(Vaiseisika) 어원적 의미는, 비세사(Visesa)에서 파생한 '승론(勝論)'을 뜻하며, 학파의 개조(開祖)는 카나다(Kanada)로 알려져 있다. 다른 바라문 학파들에 비해 후기에 정립된 논리로써 다원론적 실재론으로 세계를 해명하려 하였다. 이 학파에서는 베다의 경전에 따라서만 행동한다면 윤회(輪廻)의 범위를 벗어날 수가 없다고 주장하였다. 이 학파에서는 현상계 변화의 구성 원리를 실체(實體;Dravya), 성질(性質;Guna), 운동(運動;Karman), 보편(普遍;Samanya), 특수(特殊;Visesa), 내속(內屬;Samavaya) 여섯가지 범주로 분류한다. 그리고, 이 여섯가지 원리의 연구와 함께 요가를 실행해야 실체를 알 수 있다고 강조하였다. 바이세시카 철학에 의하면, 보고 만지는 모든 현상물질들은 원자들의 결합으로 이루어져 있다. 외부에 드러난 실체는 성질이나 행위의 근저에 놓여 있는 어떤 것이며, 어떤 물건들의 질료적 원인이 된다. 신(神)은 이들 영원한 원자를 각각의 카르마(Karma;業)의 법칙에 따라 결합시켰다가 다시 분리시키는 역할을 담당한다. 이처럼 원자가 복합체를 형성하므로 모든 우주의 물질세계가 성립되지만, 이 결합운동을 최초로 일으키는 힘은 신(神)에 의해서 현상(現象)으로 드러난다. 고유의 성질과 변화의 속성인 운동은 시간과 공간을 모두 포함하며 이것과 저것이라는 외적인 구분을 낳게 하는 동인(動因)이 된다. 아울러 감정을 뜻하는 마나스(Manas)는 경험을 통하여 사물을 지각하고 분석함으로써 내적인식을 성립하게 하는 것이다. 따라서 마나스의 각성으로 인식을 제어하여 전생으로부터의 남아 있는 힘을 소멸시키면 해탈은 실현된다. 그 경지에 이르면 진아(眞我;Atman)는 아무 활동도 하지 않는 순수한 실체로 존재한다. 이 학파는 베다경전으로부터 얻을 수 있는 지식이란 추론에 의해서만 얻을 수 있는 지식의 일종일 뿐, 진정한 진리는 직접적인 경험을 통하여 일어나는 순수한 지식만을 실체로 보았다.

○ 니야야(Niyaya)학파 : (BC 200~100년경)

이 학파의 개조(開祖)는 가우타마(Gautama)로 알려져 있으며, 니야야(Niyaya)의 어원은 '이론(理論), 정리(正理)'를 뜻한다. 이 학파에서는 논리적 추론을 통한 올바른 지식의 획득이 바로 해탈(解脫)이라고 주장하였다. 다른 학파들이 진리를 이해하기 위해 명상적 수행방법을 강조했다면, 바이세시카와 니야야학파는 합리적인 이론과 현상분석을 통한 진리탐구를 목적으로 하였다. 니야야학파는 실재에 대한 논리와 타당한 지식에 대한 질문들을 통해 해탈을 추구하였다. 실체적 진리에 접근하기 위한 방편으로 다양한 논거(論據)들을 주장하였으며, 이 중에서 타당한 지식의 수단인 프라마나(Pramana;量)를 강조한다. 아울러 참된 지식을 얻기 위한 4가지 논리적 방법론을 제시하고 있는데, 지각, 추론, 비교, 증언이 그것이다. 지각(知覺;Pratyaksa)은, 감관과 대상의 접촉에서 생기며 추상적인 관념이 아닌 경험적 지식을 말한다. 이를 현량(現量)이라 하며 의심이나 오류 그리고 가설적 논리나 기억에 의존한 합리적이지 않은 지식과 구별을 의미한다. 추론(推論;Anumana)은, 직접지각에 근거하여 인식된 것이나, 연관된 다른 대상의 유사성에 근거하여 인식하는 비량(比量)을 말한다. 비유(比喩;Upamana)는, 새로운 어떤 것을 이전부터 잘 알고 있던 다른 대상과 비교를 통해 아는 지식으로 비유량(比喩量)을 말한다. 증언(證言;Sabda)은, 니야야학파의 인식론에서 주로 믿을만한 성인(聖人)의 말이나 증거의 의미를 이해하여 생기는 지식으로 성언량(聖言量)을 의미한다. 이러한 수단에 의해 아트만, 신체, 감각기관, 감각기관의 대상, 지각, 사고기관, 활동, 결점, 전생, 행위의 과보, 업, 해탈이 인식된다. 요가수행자는 이러한 항목에 대한 올바른 깨우침을 얻은 이(Guru)를 통해서 참된 지식을 얻고 그릇된 지식을 제거한다. 이로써 괴로움으로부터의 완전한 자유 즉, 해탈이 달성된다고 강조하였다.


○ 상키야(Samkhya)학파 : (BC 600~300년경)

상키야(Samkhya)학파는 인도 전통사상사에서 가장 오래된 사상으로 개조(開祖)는 카필라(Kapila)로 알려져 있다. 어원적으로 '숫자'를 의미하는 상키아는 한역(漢譯)으로 수론(數論)학파로 불리며, 근본원질과 순수정신이라는 두 원리로써 세계를 해석한다. 이 학파는 세계가 신(神)과 같이 신성하고 절대적인 존재에 의해서가 아니라 프라크리티(Prakrti)라는 실제로부터 전개된 것으로 본다. 우파니샤드에 의한 일원론적인 세계관보다는 순수정신과 근본물질이라는 원리를 상정하는 이원론적인 입장에서 이 두 가지 근본에서 비롯된 전변(轉變) 상태를 이론적 근거로 제시한다. 순수정신 푸루샤(Purusa)는 청정무구, 상주 불변하며, 생사윤회, 해탈까지도 무관한 절대성을 의미한다. 푸루샤의 특성은 개별적 실체로서의 개아(個我)로 분화되지만, 그 본질은 지(知;Jna) 또는, 사(思;Cit)이고, 어떤 활동도 없이 근본원질을 관조할 뿐이다.. 푸루샤는 비록 그 자체는 전혀 활동성이 없지만 프라크리티로 하여금 최초의 균형을 깨고 세계 전개를 시작하도록 만드는 근본 원인이다. 물질의 근원이며, 자연(自然) 그 자체인 프라크리티는 활동성의 성질을 가진 세 가지의 구나(Gunas) 즉, 순질(淳質;Sattva), 동질(動質;Rajas), 예질(濊質;Tamas)로 구성되어 정지된 균형을 이루고 있다. 상키야철학에서 주장하는 25원리는 이 세 구나의 균형이 깨지면 물질적 변화가 일어나고, 이로부터 근원적 사유기능이자 우주적 지성인 붓디(Buddhi;覺 혹은, 마하트;Mahat)가 출현한다. 이 붓디로부터 '나'라는 자의식 아함카라(Ahamkara:我慢)가 생겨난다. 이 아함카라로부터 11근(根;Indriyas) 즉, 다섯가지 감각기관 안(眼), 이(耳), 비(鼻), 설(舌), 신(身)의 5지근(知根)과, 다섯가지 기능을 가진 발성기관, 손, 발, 배설기관, 생식기관인 5작근(作根), 그리고 마음을 뜻하는 의근(意根;Manas)과, 다섯가지 미세한 요소의 대상 영역인 색(色), 성(聲), 미(味), 촉(觸), 향(香)의 5유(唯;Tanmatra)가 생기며, 5유(唯)로부터 지수화풍공(地水火風空)의 5대(大)를 알 수 있다는 25원리를 표방한다. 이러한 물질적 변화를 바로 알지 못하고 순수정신 푸루샤(Purusa)와 순수인식작용인 붓디(Buddhi;覺)를 혼동하기 때문에 인간은 오욕칠정에서 벗어나지 못한다. 즉, 물질인 프라크리티의 전변(轉變) 상태 붓디를 절대 순수정신 푸루샤와 혼동하여 참자아로 착각하기 때문에 고통이 생긴다. 따라서 수행을 통한 분별지(分別知)로 절대 순수정신을 자각하는 것이 해탈이며, 윤회의 고리에서 벗어날 수 있다고 주장하였다. 다만, 요가수행자가 수행의 결과로써 분별지를 얻어 해탈했다 할지라도 현생의 업(業;Karma)에 의해 수명이 다할 때까지 존재한다. 현생에서 깨달음을 얻어 해탈한 이의 수명을 다하면, 물질로부터 생성된 것은 소멸하고 윤회하지 않는 독존(獨存)인 순수정신(Purusa)으로 돌아간다.

○ 요가(Yoga)학파 : (BC 200년경)

요가학파의 기원을 수행체계에서는 찾을 수 없으며, 다만, 6파철학의 범주에 포함시키는 것은 이론체계의 확립을 통해서라고 볼 수 있다. 요가의 이론을 체계화한 존재조차도 이견이 있는데, 요가학파의 개조(開祖)는 BC 200년경 요가수트라를 편집한 파탄잘리(Patanjali)와 AD 500년경의 문법학자 파탄잘리와 동명이인이라는 논란이 있다. 요가의 수행체계는 오래전부터 이어져 왔다는 점을 전제로 하고, 철학적 이론에서는 상키야 철학을 받아들이고 있다는 점에서 상키야 철학보다는 후대에 정립된 것으로 본다. 요가학파에서는 상키야철학의 이원론을 배경으로 실재 요가수행을 통하여 분별을 시도한다. 요가철학은 상키야철학을 이론적 기반으로 삼고, 인도 고래의 흩어져 있던 요가수행 체계를 집대성하여 정리하고 해탈의 방법론으로 제시하였다. 요가철학은, 상키야철학에서 말하는 프라크리티의 전변 상태 중 각(覺;Buddhi), 이기심(我慢;Ahamkara), 의지(意志;Manas) 세 가지를 합하여 마음(心;Citta)이라 부르며, 이것의 잠재적인 힘들이 윤회와 고통의 원인이 된다고 말한다. 그럼에도 불구하고 단순히 분별지를 얻는 것만으로는 해탈에 이르기 어렵다고 본다. 따라서 요가수행을 통해 마음(Citta)의 잠재적인 힘들을 제거하여 푸루샤처럼 순수한 상태(純粹識)로 이끌어야 마음의 작용을 멈추어 새로운 업이 생겨나지 않고 해탈한다고 강조한다. 이러한 해탈과 요가수행에 대한 사상은 '요가란 마음의 작용을 그치게 하여 없애는 것이다(Yogash Chitta Vritti Nirodhah : 瑜伽心作用止滅)' 라는 요가수트라 1장 2절의 정의에서 분명히 드러난다. 요가철학에 의하면, 마음은 다섯가지 번뇌(煩惱)에 의해 침투되어 마음에 축적되어 있다. 이 다섯가지 번뇌는 무명(Avidya), 자기의식(Asmita), 탐욕(Raga), 증오(Dvesa), 생존욕(Abhinivesa)이다. 이 중에서 무명(無明)은 가장 근본적인 번뇌이며, 다른 번뇌의 근원으로 알지 못해 지속적인 업의 축적과 이에 따른 업보를 만든다. 이러한 마음의 작용과 이미 축적된 번뇌를 제거하기 위해 요가철학은 8가지 단계로 된 구체적인 수행 방법을 제시하고 있다. 해탈을 위한 요가수행의 방법과 절차를 의미하는 8단계(Ashtanga yoga)는 1.금계(禁戒;Yama), 2.권계(勸戒;Niyama), 3.좌법(坐法;Asana), 4.조식(調息;Pranayama), 5.제감(制感;Pratyahara), 6.집지(執持;Dharana), 7.정려(靜慮;Dhyana), 8.삼매(三昧;Samadhi)이다. 이 중에서 처음의 2단계는 준비된 수행자의 태도를 말하며, 3~5단계는 요가수행자의 실제 단계이지만 명상으로 이끄는 나머지 3단계를 위한 과정에 불과하다. 6~8단계는 따로 용어가 구분되어 있긴 하지만, 깊은 명상에 든 수행자에게는 집중과 몰입 그리고 삼매는 하나의 고리처럼 이어지며 이러한 상태를 요가적 총제(總制;Samyama)라고 부른다. 요가의 궁극적인 목표는 모든 마음작용이 그친 적정(寂定)의 삼매(三昧;Samadhi)라는 최종 경지에 이르려는 실천적 노력이다.

이들 6파철학은 특정한 독창적인 사상을 고수하면서도 서로 상호보완의 경향을 갖는다. 우파니샤드가 베다라는 탄탄한 기반을 가지고 체계적 흐름에서 누적된 결과물이라 할 때, 바가바드기타는 힌두교의 종교사상과 실천수행을 설명하는 외전(外典)의 성격이 짙다.

바가바드기타에서 제시되고 있는 요가와 상키야철학의 이론은 육파철학의 핵심사상이다. 차이점은 베단타철학이 아트만과 브라흐만을 동일시하고, 요가를 실천철학으로 내세우는데 반하여 상키야철학은 푸루샤와 프라크리티를 우주의 본질로 본다. 푸루샤는 순수한 유일무이의 영적 총화이고, 프라크리티는 변화의 속성을 가진 다섯 가지 물질의 속성을 말한다. 이론적 논의의 공허함을 극복하기 위한 방편으로 모든 학파들은 요가를 실천철학으로 제시하거나 인정하고 있다. 인도의 육파철학은 상충점과 동일성의 사관들이 겹쳐있지만, 종교와 신앙의 관점으로부터 철학적 사유를 조금 떨어뜨려 놓았다고 볼 수 있다.

# 역자후기

빛은 본래 어떤 색깔일까?

무색? 오색? 일곱 색깔의 무지개?

프리즘을 통과한 빛은 셀 수 없는 고운 빛깔로 나뉜다. 빛을 나누는 도구가 없다면 여전히 빛은 무색인가?

색은 반사이다. 대비이다. 구분이나 분별은 보는 자에 따라 다르다. 색맹에게는 색의 구분 능력이 없다. 어둠속에서는 어떤 색도 존재하지 않는다. 아니 검다? 그렇다면 우리가 즐겨하는 이 찬란함은 무엇으로부터 비롯되었는가? 태양? 태양을 유지시키는 그 보이지 않은 근원은 무엇인가? 이 질문들에 대한 확실한 해답은 여전히 풀지 못한 수수께끼처럼 남아 있다.

카르마(Karma; 業, 宿命)와 다르마(Dharma; 法, 義務)는 무엇인가?

인도 사상에서 카르마(Karma)는 자신이 전생에서 행한 과보로부터 숙명적으로 해소해야 할 과업 또는 업보로써 다르마를 통하여 덜어지거나 해소할 수 있다고 설명한다.

다르마(Dharma)는 자신이 전생의 과보(果報)로부터 주어진 숙명이나 운명 같은 것으로 덜거나 벗어날 수 없는 카르마로부터 이행해야 할 현생의 과제를 말한다. 이 두가지 의미를 확인하기도 쉽지 않겠지만, 이런 생각 정도는 하면서 살아가고 있는지 자문한다.

나는 항상 떠나는 것에 대해 슬퍼하면서 홀로 고독하게 남겨진 자의 슬픔을 이야기하곤 했다. 언제나 등을 먼저 보인 사람이 내가 아니었다고 생각하며, 내 자신이 그의 등을 떠밀었다는 점은 간과했었다. 모두 내 행동에서 비롯되어 그가 뒤돌아 설 이유를 내가 주었다는 것과, 그 만큼의 인연이었음을 인정하기까지 오랜 시간이 필요했다. 시간은 우주와 만물을 끝없이 변화로 이끌어 처음으로 되돌려 놓는다. 세상에 영원한 것은 없으며, 오직 절대성만이 사라지지 않는다는 바가바드기타의 교설은 잔잔한 울림으로 남는다.

이미 번역된 많은 기타가 있음에도 또 다른 기타가 필요한지는 그 의미와 해석의 차이에 있다. 솔직하게는 좀 더 이해하기 쉽게 읽을 수 있으면 하는 바람 때문이다. 이 책은 반복되는 감탄사와 별칭들, 형용구적 호칭을 과감히 생략하고, 고어(古語)체를 현재의 언어로 풀고자 노력했다. 그럼에도 불구하고 본래의 고유명사와 중의적 표현을 지금의 언어로 다 녹여내기에는 한계가 있었음을 인정한다. 그렇다 할지라도 아름다운 노래와 같은 바가바드 기타의 문맥이 끊어지지 않도록 문장을 이으며 전문용어는 따로 풀어두었다.

이 책에서 문장의 해석이나 주석을 하지 않은 이유는 역자의 한계를 자각하고, 또한 글을 읽는 이들의 이해 영역으로 남겨두어야 한다고 생각했기 때문이다. 언어는 그 의미를 해독하는 사람에 따라 다르게 전달될 수 있다. 특히 범어(梵語)는 전문적으로 깊게 공부하지 않는 한, 정확한 어원을 알기까지 오역과 오의가 반복될 수 있다는 점을 인정한다. 또 다른 기타를 바라보는 시각과 내밀한 해석을 기대하며…

편역자 배해수

# 신(神)이 부르는 노래
## Bhagavad Gita

# Bhagavad Gita 목차

# 제 1장

## 아르쥬나의 비애(悲哀) Prathamo dhyāyaḥ

눈먼 드리타라스트라[1] 왕이 시종 산자야[2]에게 물었다.

"산자야여!

지금 성스러운 쿠루의 평원에서 나의 아들들과 판두의 아들들이 싸우려 모여 있는 전쟁터의 상황이 어떠한가?"

---

1) 드리타라스트라(Dritarashtra) ; 바라타 왕국의 비야사와 암비카 사이의 첫째아들이었으나, 장님으로 태어난 결격사유로 동생 판두가 왕위를 이었다. 동생 판두왕이 사냥터에서 교미중인 사슴을 죽인 결과로 저주를 받고 왕위를 형 드리타라스트라에게 양위하고 물러났다. 적통인 동생의 자식들이 등장하자 왕국의 후계에 대하여 조카들 판다바스에 대한

산자야가 대답하였다.

"두료다나는 정렬된 판두 아들들의 군대를 둘러보고 난 후, 스승인 드로나에게 다가가 말했습니다. 듀료다나가 말하기를,"

'스승이여, 저 판두 아들들의 거대한 군대를 보십시오. 저들은 당신의 지혜로운 제자인 드루파다의 아들 드리스타디윰나에 의해 정렬해 있습니다.[3]

---

미안함과 자신의 직계인 카우라바스에 대한 애착으로 고뇌한다. 도의적 채무와 왕으로서의 의무 사이에서 끝없이 번민하지만 한번도 제대로 된 선택을 하지 못한다. 왕의 우유부단함으로 인해 끝없는 내분과 갈등으로 끝내는 동족간의 전쟁이 일어나고, 일촉즉발의 전장에서 아르쥬나와 스승 크리쉬나가 나누는 대화를 그의 시종인 산자야를 통해서 듣게 된다. 바가바드기타는 그들의 대화 형식을 빌어 3인칭 관찰자적 시점으로 적은 내용이다.

2) 산자야(Sanjaya) : 천한 계급인 수드라출신으로 전차의 마부였다가, 눈먼 드리타라스트라 왕의 시종으로 발탁되었다. 왕의 전령역할을 수행했으며, 성자 비야사에게서 눈먼 왕에게 동족상잔의 비극을 들려주라는 신통력을 부여받았다. 바가바드기타(Bhagavad Gita)는 시종 산자야가 전쟁을 방치한 어리석은 왕에게 혈육이 전쟁에서 죽어가는 상황 바로 직전의 대화로 시작된다. 전쟁에 대한 기술은 마하바라타에 자세하게 나오며, 바가바드기타는 이를 배경으로 크리쉬나가 아르쥬나를 지혜로 이끄는 요가에 대한 문답형식의 대화이다. 성자 비야사는 눈먼 왕에게 원한다면 광명을 줄 수 있다고 했으나, 왕은 차마 골육상쟁을 목격할 수 없다며 사양하였다. 시종인 산자야가 대신 부여받은 천리안, 천리통의 신통력으로 크리쉬나와 아르쥬나의 대화내용을 눈먼 왕에게 듣고 보는 그대로 전달하는 형식으로 진행된다.

3) 듀료다나는 눈먼 왕 드리타라스트라의 장남이자 쿠루크쉐트라 대평원에서 사촌형제들 판다바스와 대적하고 있는 카우라바스라고 불리는 1백 형제들의 맏형이다. 드로나는 왕자들에게 무술을 지도한 왕실의 스승이며, 드루파다는 판찰라국의 왕으로 드로나의 옛 친구였지만 우정을 외면한 계기로 인해 서로 원수가 되었다. 그의 딸은 판다바스 다섯 형제들의 공동 아내가 된 드라우파디이며, 그의 아들 드리스타디윰나는 판다바스 군대의 총사령관을 맡았다.

저곳에는 싸움에서 비마와 아르쥬나에 뒤지지 않는 영웅이자 위대한 궁수인 유유다나와 비라타, 그리고 위대한 장수 드루파다가 있습니다. 드르슈타케투, 체키타나, 그리고 용맹스러운 카쉬족의 왕, 푸르지트, 쿤티보자, 그리고 인간 황소인 시비족의 왕이 있습니다. 또한 용감한 아비만유와 용맹스러운 우타마우자, 수바드라의 아들과 드라우파디의 아들들이 있습니다. 모두가 전투에서 패한 적이 없는 위대한 장수들입니다.

두 번 태어난[4] 승리자 드로나여! 우리 편의 뛰어난 자들에 대해서도 말씀드리겠습니다. 우리 진영의 장수들은, 불멸의 비슈마 할아버지, 스승님과, 카르나, 전쟁의 승리자 크리파, 아슈바타마, 비카르나, 그리고 소마다타의 아들이 있습니다. 이처럼 전투에서 물러서지 않는 용맹스런 수많은 영웅들과 전사들이 모두 무기를 들고서 나를 위해 목숨을 내놓고자 모였습니다. 하지만 비마가 지휘하는 저편의 병력은 충천되어 보이는데 우리의 병력은 위축되어 보입니다. 그러니 장수들은 모든 길에서 정해진 위치를 굳게 지키면서 반드시 비슈마 총사령관의 지휘를 따라야합니다.' 라고 말하였습니다."

---

4) 인도전통문화의 신분제도인 카스트는 1950년 공식적으로 헌법이 제정되어 금지되었지만, 여전히 사회적 관습으로 남아있다. 힌두교의 전통에서는 종교의식처럼 입문식인 우파나야나(Upanayana)를 거행한다. 힌두교 상층계급인 브라만, 크샤트리야, 바이샤의 학생들이 스승의 지도에 따라 성전을 공부하기 위한 입문식이다. 이 의식을 통해 이들은 영적으로 재생한 사람 즉, 두 번 태어난 드위자(Dvija)가 된다. 스승은 이 입문식을 치른 학생에게 신의 대리자가 되어 은총의 표시로 명주실을 왼쪽어깨로부터 오른쪽 허리로 늘어뜨리는 성대(Yajnopvita)를 착용하게 한다.

성자 비야사[5]의 은총으로 천리안과 천리통의 신통력을 갖게 된 산자야가 눈먼 왕에게 전장의 상황을 보고 듣는 대로 말해주었다.

"쿠루크세트라 평원에 선 연로한 조부 비슈마가 두료다나의 용기를 북돋우어 주기 위해 큰 사자후를 토하고 소라고둥을 불었습니다. 그러자 솥 모양의 북, 작은북, 큰북, 나팔 등이 한꺼번에 울려 퍼져서 천지가 진동하고 있습니다. 저쪽 진영에서도 야두족의 자손 크리쉬나와 판두의 아들 아르쥬나도 백마들이 끄는 전차 위에서 각각 판차자냐와 데바다타를, 늑대같은 비마는 커다란 소라나팔 파운드라를 불었습니다."

5) 비야사(Vyasha) : 대 서사시 마하바라타를 시바신의 아들이자 지혜를 상징하는 코끼리 얼굴의 가네쉬(Ganeshi) 신에게 구술로 후세에 전한 성자(聖者). 베다의 오의(奧義)를 일반인들이 알기 쉽도록 편집한 인물로 알려져 있다.

"이 땅의 주인, 드리타라스트라왕이여!

쿤티의 맏아들 유디스트라 왕은 아난타비자야를, 그의 동생들인 나쿨라와 사하데바는 수고샤와 마니푸슈파카를 휘하에 두고 정렬해있습니다. 최고의 궁수인 카쉬족의 왕과 위대한 장수 쉬칸딘, 드리스타디윰나와 비라타, 그리고 타인에게 굴복하지 않는 사티야키, 드루파다와 드라우파디의 아들들, 그리고 거인족 수바드라의 아들들이 각기 사방에서 소라 고동을 불고 있습니다. 이처럼 하늘과 땅을 진동시키는 요란한 소리는 당신 아들들의 가슴을 찢어 놓습니다."

산자야가 계속해서 말했다.

"대지의 주인, 드리타라스트라왕이시여!

전쟁이 시작되기 전, 활을 뽑아 든 판두[6]의 아들 아르쥬나[7]가 정렬해있는 카우라바스[8] 진영을 둘러보며 크리쉬나[9]를 향해 말했습니다."

아르쥬나가 말하기를,

'크리쉬나여! 양편의 군대 가운데에 나의 전차를 세워주십시오. 싸우기를 열망하여 정렬되어 있는 저들이 누구인지 내가 싸워야 할 사람들

6) 판두(pandu) : 바가바드기타에서는 내용에 아무런 영향이 없는 인물이지만, 이 전쟁터의 배경이 되는 마하바라타에서는 판다바스의 아버지이자 바라타 왕국의 적통인 왕이었다. 그는 사냥중에 사슴으로 변신하여 교미중인 브라만을 화살로 쏘아 죽인 이유로 자손을 볼 수 없다는 저주를 받고 왕위를 눈먼 형에게 양위하고 숲으로 들어간다. 바가바드기타 원문에는 힌두 전통에 따른 호칭인 판두의 아들 아르쥬나, 또는 판두의 부인이자 판다바스의 어머니인 쿤티의 아들 아르쥬나 라는 호명이 수없이 등장한다. 다만, 이 책에서는 편의상 문맥의 흐름에 불필요한 대명사와 길게 늘어진 형용어구들은 생략하였다.

7) 아르쥬나(Arjuna) : 대서사시 마하바라타에서는 바라타 왕국의 통치자 판두는 저주로 인해 후손을 볼 수 없게 되어 왕위를 버리고 숲으로 들어갔지만, 부인 쿤티를 설득하여 신의 은총으로 후계를 삼고자 한다. 아르쥬나는 천계를 수호하는 인드라 신의 은총을 입어 쿤티의 세 번째 아들로 태어난 존재로 당시 무예의 최고수이며 활의 명수이다. 마하바라타에서 형제, 스승, 친족들을 죽여야 하는 아비규환 속에서 끝없이 갈등하고 후회한다. 바가바드기타에서는 극심한 번민에 빠진 아르쥬나에게 신의 화신인 크리쉬나가 전차의 마부이자 작전참모로 등장하여 해탈을 향한 요가의 정수를 가르친다.

8) 듀료다나(Duryodhana) : 마하바라타는 전쟁의 최후 승자인 판다바스를 중심으로 기술되어 있지만, 그들의 상대 드리타라스트라의 아들들인 카우라바스에 대해서도 편중되지 않는다. 카우라바스의 맏이인 듀료다나에게는 판다바 형제들을 미워하는 그럴만한 이유가 여러 가지 있다. 듀료다나가 보기에는 삼촌이었던 판두가 자신의 실수로 인해 자손을 볼 수 없는 저주를 받고 숲으로 자진해서 들어갔다, 그러므로 자기들의 부친은 왕위의 찬탈이 아닌 자연스런 양위였고, 자기에게 후계가 승계되어야 마땅하다는 것이었다. 또한 백번 양보해도 삼촌은 자손을 가질 수 없는데도 다섯이나 되는 사촌형제가 느닷없이 나타났다는 사실을 인정할 수 없었다. 그리고 자신들에 비해 판다바스는 학식, 덕망, 무예까지도 월등하다는 점에서 그들을 향한 시기와 질투는 그를 눈멀게 했다. 나아가 그들의 능력이 신들에게서 물려받았다는 소문이 사실이라면 당연히 그들은 바라타의 핏줄이 아니었다. 따라서 그들은 후계구도에서 배제되어야 함에도 불구하고 왕권을 노리고 있다는 사실에서 분노를 감추지 못하고 종극에는 전쟁이라는 극한 상황까지 몰고 가게 된다.

9) 크리쉬나((Krishna) : 불의가 승하고 정의가 쇠퇴할 때 세상에 나타난다는 비쉬누 신의 여덟 번째 화신으로 바가바드기타에서 고뇌하는 인간의 상징인 아르쥬나를 해탈의 길로 인도한다. 인도인들이 가장 사랑하며 인격화된 신으로 여기는 크리쉬나는 일반적인 신들보다

이 누구인지를 알고 싶습니다. 도대체 어떤 이들이 드리타라스트라의 사악한 아들에게 기쁨을 주려고 이 전쟁에 참여하고 있는지 그들의 얼굴을 직접 보고자 합니다.'

더 친근한 존재이다. 짓궂은 장난이 많은 어린 시절도 청년이 되어서는 1만명의 여인들과 놀아나는 난봉꾼의 이미지까지도 비난하지 않는다. 마하바라타에서 그는 바수데바와 데바키의 아들로 태어났으나, 아버지를 내몰고 왕이 된 삼촌인 폭군 칸사의 탄압을 피해 유목농가에서 자랐다. 장성하여 형 발라라마와 함께 고향으로 돌아와 칸사를 죽이고 새 왕국을 세운다. 얼굴이 검다는 뜻을 가진 크리쉬나는 인도 아리안 계통이 아닌 원주민 드라비다의 속성을 갖고 있다. 마하바라타에서는 대 전쟁이 벌어지기 전 이를 중재하기 위한 노력을 다하기도 하지만 실패한 후 자신은 판다바스 편에 자신의 일족은 카우라바스 편으로 나뉘어 싸우게 된다. 전쟁이 끝났지만 이 일을 기화로 왕국 내부의 분쟁이 일어나 일족들이 서로를 죽이는 참상을 맞게 된다. 세상에서의 역할을 다했다고 판단한 크리쉬나가 숲속에서 쉬고 있을 때 사슴으로 착각한 사냥꾼의 화살을 발에 맞고 크리쉬나는 세상을 떠나는 것으로 묘사하고 있다. 완전한 신이 사냥꾼의 화살을 맞고 죽는다는 서사시의 설정은 모순이라 할 수 있지만, 인간의 몸을 가지고 태어난 존재는 모두 허무한 최후를 의미한다고 볼 수 있다. 다만, 바가바드기타에서 크리쉬나는 전사 아르쥬나의 마부역할로 등장하면서 또한 스승으로써 슬픔과 절망의 끝에 서 있는 그에게 높은 차원의 철학과 요가의 실천, 그리고 신에 헌신을 대화의 형식으로 전한다.

산자야는 계속해서 말을 이어나갔다.

"왕이여! 지금 아르쥬나가 말을 마치자 크리쉬나는 양편 군대의 가운데로 나아가 전차를 멈추었고, 비슈마와 드로나, 여러 부족장들 앞에 섰습니다."

크리쉬나가 말하기를,

'아르쥬나여! 그대의 두 눈으로 이곳 쿠루평원에 모인 이들을 보라.'

산자야는 지금의 상황을 계속해서 설명하였다.

"아르쥬나는 드넓은 평원을 가득 채우고 서 있는 쿠루족의 조부들, 스승들과 삼촌들, 장인들, 형제, 아들, 손자, 친구들을 보았습니다. 대치하고 있는 양 진영의 정렬한 이들 모두가 친족임을 바라보던 아르쥬나는 지극한 슬픔에 잠겨 절망하며 말했습니다."

아르쥬나가 말하기를,

'크리쉬나여! 이렇게 전쟁터에 나서 정렬해 있는 내 친족들을 바라보니, 사지에 맥이 풀리고 입은 바싹 타며 몸이 떨려 털끝까지 전율합니다. 머리가 어지러워 서 있기조차 힘들만큼 손에 힘이 빠져서 활조차 들 수 없습니다.

스리[10] 크리쉬나여!

악행의 불길한 예감을 나는 지금 여기에서 목도하고 있습니다. 동족을 죽이는 이 전쟁에서 우리가 진정 원하는 것이 무엇입니까? 또 내가 해야하는 것은 어떤 것인가요?

크리쉬나여! 나는 승리도 큰 왕국도 어떤 쾌락도 원하지 않습니다. 권력도 쾌락도 내가 원하지 않는 것인데, 여기에 모여 있는 저 스승들, 조부들, 아저씨들, 장인들, 아들들, 손자들, 처남들, 그리고 여러 친척들과, 친구들이 원하는 것은 진정 무엇인가요?

이 전쟁터에서 이루고자 하는 것이 무엇이기에 안위와 목숨을 포기하면서 싸우러 모여 있는 것일까요? 이 모든 이들이 도대체 어떤 기쁨을 얻고자 이곳에 모여 있단 말입니까?

---

10) 스리(Shri) : 은총을 주는 여신(女神)으로 우주 만물을 유지하는 신 비쉬누의 배우자 락쉬미의 다른 이름으로 불린다. 보통 신의 은총을 입은 자(者), 빛나는 지고자(至高者), 거룩한 존재, 님 등 주로 명칭 앞에 쓰인 경칭이자 극존칭으로 쓰인다.

　모든 것을 아시는 이여! 비록 저들이 나를 죽인다고 할지라도 나는 결코 저들을 원망하거나 증오하고 싶지 않습니다. 삼계(三界)의 왕권을 차지한다 할지라도 그럴 마음이 없거늘 하물며 지상의 왕국을 위해서 이 전쟁을 해야만 하는 것입니까?

　크리쉬나여! 드리타라스트라의 아들들을 모두 죽인다고 하여 우리에게 어떤 기쁨이 있을 수 있을까요? 저들을 죽인다면 우리에게는 죄의식만이 남을 것입니다. 동족을 죽이고서 어떤 행복을 구할 수 있겠습니까?

　크리쉬나여! 비록 저들이 사악하고 탐욕으로 가득 차 혈육을 파괴하는 행위를 하고, 친구를 배반하는 죄악을 보지 못한다 할지라도, 우리는 친족인 드리타라스트라의 아들들을 죽일 수 없습니다. 그것은 분명 가문을 파괴하는 명백한 죄이며, 우리 자신이 저지른 죄악으로부터 어떻게 벗어날 수 있는지를 아무도 알지 못하기 때문입니다.

크리쉬나여! 가문이 파괴되면, 혈통의 법도가 사라져서 무법천지가 될 것입니다. 규범이 없어지면 가문의 여인들은 타락하고 카스트[11]는 문란해집니다. 법도가 파괴된 난잡함으로 질서를 무너뜨린 자들과 가족 모두가 지옥으로 떨어질 것입니다. 왜냐하면, 조상께 드릴 음식과 제사를 올릴 공물이 끊기기 때문입니다. 가족을 파괴한 자들은 혈통의 혼란을 가져와 출생의 법도와 가문의 영원한 규범을 무너뜨릴 것입니다. 이처럼 가문의 법도를 파괴한 사람들은 반드시 지옥에 머물게 된다고 들었습니다.

11) 카스트(Caste) : 인도 전통사회를 유지해온 위계, 계층, 기능적인 요소들을 통합한 사회 관습적 질서

크리쉬나여!

우리는 지금 권력의 쾌락을 탐하여 동족을 죽이려 하는 엄청난 죄악을 저지를 짓을 하고 있는 것입니다. 만약 이 싸움에서 무기를 손에 든 드리타라스트라의 아들들이 무기를 버린 채 저항하지 않는 나를 죽인다면, 그것이 오히려 내게는 더 편할지도 모르겠습니다.'

시종 산자야가 지금 벌어지고 있는 전쟁터의 상황을 눈먼 왕에게 전했다.

"슬픔에 잠긴 아르쥬나가 이렇게 말하며, 전쟁터임에도 불구하고 화살이 메겨진 활을 던져버리고 전차의 좌석에 주저앉았습니다."

# 제 2장
# 깨우침의 길 Dvitīyo dhyāyaḥ

산자야가 계속해서 보고 듣는 전쟁터의 상황을 눈먼 드리타라스트라 왕에게 설명하였다.

"연민과 혼란에 빠져 두 눈에 눈물이 가득한 채로 낙담하고 있는 아르쥬나에게 크리쉬나는 이렇게 말했습니다."

크리쉬나가 말하기를,

'아르쥬나여! 결전에 임해야 할 때에 망설이고 공상하는 그대는 진리의 해답을 구하고자 하는 태도가 아니다. 이 모습은 그대에게 어울리지 않으니 나약한 마음을 떨쳐버리고 일어서라. 비겁한 마음은 진리에 대한 희망을 포기하는 것이니 용감하게 일어나라.'

아르쥬나가 묻기를,

'크리쉬나여! 내가 어찌 가장 존경하는 할아버지 비슈마와 스승 드로나를 적으로 삼은 이 전쟁에서 화살을 쏠 수가 있겠습니까? 고귀하신 스승들을 죽이지 않고 차라리 이 세상에서 걸식을 하는 편이 나을 것입니다. 만약 그들을 죽인다면 나는 피에 물든 부귀를 누리게 될 뿐입니다. 저들이 승리하거나, 우리가 승리를 가진다해도 어느 쪽이 우리 모두에게 더 값진 결과일까요? 나는 결코 저들을 죽이고서 살고 싶지 않은데도 저 드리타라스트라의 아들들은 눈앞에 정렬해 있습니다. 내가 느끼는 이 연민이 진실한지 아니면 그저 환상인지 나는 괴로울 뿐입니다. 이토록 내 마음은 어둠속에서 방황하고 있습니다.

크리쉬나여! 진정 내가 행해야 할 다르마[12]가 어떤 것인지 지금 혼란스럽기만 합니다. 내가 어떤 선택을 해야 옳은 길인지 분명한 답을 주십

---

12) 다르마(Darma) : 법(法), 덕(德), 자연(自然), 진리(眞理), 도덕(道德), 정의(正義), 의무(義務), 과업(課業), 임무수행, 카스트가 지켜야할 규범, 종교(宗敎), 선행(善行), 관습(慣習), 신(神)에 귀의(歸依)하는 것 등을 통칭하는 광의의 개념이다. 바가바드기타에서는 자기에게 부여된 의무를 다해야 하는 것으로 강조되고 있다.

시오. 당신의 제자로서 간절히 도움을 청하오니 저에게 다르마의 길을 가르쳐 주십시오. 이 땅위에 도전받지 않고 번성하는 왕국이나, 하늘에 있는 신들의 권력을 얻는다 할지라도 감각기관을 마르게 하는 이 슬픔을 제거할 수 있겠습니까? 나는 싸울 수 없습니다.'

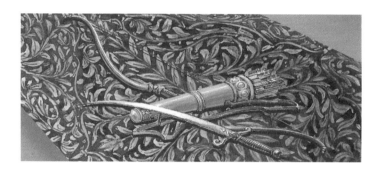

산자야가 상황을 설명하였다.

"아르쥬나가 크리쉬나에게 이와 같이 말한 후 눈물지으며 침묵하고 있습니다. 양편의 군대 사이에서 슬퍼하고 있는 그에게 크리쉬나는 미소를 지으며 말했습니다."

크리쉬나가 말하기를,

'바라타[13]의 아들이여! 그대의 슬픔은 아무런 의미가 없거늘 슬퍼할 필요가 없는 자들에 대해 슬퍼하면서도 그대는 지혜로운 말을 하고 있다. 현명한 사람은 죽은 자에 대해서도 살아 있는 자에 대해서도 슬퍼하

---

13) 바라타(Baratha) : 인도 중북부 지역에 번성했던 일족. 인도의 대서사시 마하바라타는 위대한 바라타족의 이야기라는 의미를 가지고 있다. 힌두교도들은 인도 아대륙을 고대의 명칭 바라타의 땅으로 부르는 것을 명예로 여긴다.

지 않는다. 내가 존재하지 않았던 때도 없었으며, 그대와 저 왕들이 존재하지 않았던 적도 결코 없었다. 우리가 존재하지 않을 미래 또한 없다. 인간의 육신에 유년기와 장년기와 노년기가 있는 것처럼, 죽음도 그와 같이 다른 육신으로 넘어갈 뿐이니, 현자는 여기에 미혹되지 않는다. 더위와 추위, 기쁨과 고통도 외부의 대상과의 접촉을 통해 일어나며, 그저 오고 가는 것이기에 결코 오래 지속되지 않고 무상하다는 것을 인식하라.

아르쥬나여! 평온한 영혼은 한결같이 기쁨과 고통을 받아들이지만, 그 어느 것에도 동요되지 않고 영원성의 가치를 지니게 된다. 존재하지 않는 것으로부터 존재가 생겨날 수 없고, 존재하는 것은 사라지지 않는다. 진리를 알고 있는 이들은 존재와 비존재의 본질을 구별한다. 그러므로 온 우주에 편재한 실재는 파멸되지 않으며, 이 불멸하는 것은 누구도 변화시킬 수 없다. 육신은 유한하지만 육신의 소유자는 영원불멸하며 제한도 파멸도 없으니, 바라타의 아들이여! 일어나 싸우라.

어떤 이는 아트만[14]이 죽임을 당한다거나, 또 어떤 이는 소멸하는 것으로 생각하기도 하지만, 그들은 아무것도 모른다. 어떻게 아트만이 죽거나 누가 죽일 수 있다는 것인가? 아트만을 아는 자는 생겨난 적도 없고 소멸도 없는 영원히 변화하지 않는 것임을 이해하는 존재이다. 아트

---

14) 아트만(Atman) : 개별적 자아(自我;Ahamkara)와 상대적인 개념으로서의 참나, 즉 진아(眞我)로 표현된다. 스스로를 자신이라 여기는 것은 '진정한 나'가 아닌 거짓된 나, 즉 가아(假我)이며, 바가바드기타에서는 자기로 인식하는 자아(自我;Jivatman)와 진아(眞我;Atman)의 구별을 강조하고 있다. 변화의 속성들에 의해 가려진 우주적 본질로서의 참나(Atman)를 찾기 위한 모든 정신적 노력들이 인도철학의 바탕이다.

만은 태어남과 죽음도 없고, 시작도 끝 또한 없이 영원히 변치 않기에 육
신이 죽는다 해도 소멸하지 않는다. 그러니 그대는 아트만을 조정(調整)
할 수 있다는 헛된 꿈에서 깨어나라.

　아르쥬나여! 낡은 옷을 벗고 다른 새 옷을 입는 것처럼, 육신도 낡은
몸을 벗고 다른 새로운 몸에 들어간다. 그러나 아트만은 어떤 무기로도
상처받지 않고, 불에 타지도 않으며, 물에 젖지도 않고, 바람에 마르지도
않는다. 아트만은 자를 수도, 태울 수도 없으며 또한 젖지도 마르지도 않
는 가장 깊은 본질적인 존재로서 항상 편재하며 변함없이 영원무궁하다.
아트만은 육체의 감각으로 느낄 수 없고, 마음으로 헤아릴 수도 없다. 어
떤 꾸밈으로도 예속할 수 없는 무변자이다. 이 사실을 이해했다면 그대
는 슬퍼할 이유가 없다. 아직도 그대는 아트만이 끊임없이 태어나고 끊임
없이 죽는다고 생각하는가?

행여 그렇다고 생각할지라도 아르쥬나여! 그대는 슬퍼할 필요가 없다. 왜냐하면 태어남이 있으면 분명코 죽음이 뒤따르고, 죽음 뒤에는 반드시 재생이 있기 때문이다. 그러므로 피할 수 없는 것을 위해 그대가 슬퍼할 필요가 없다. 태어나기 전의 모든 존재는 인간의 감각에 나타나지 않는다. 태어나고 죽는 그 순간에 나타난다. 죽었을 때 그들은 다시 나타나지 않은 상태로 환원된다. 그러니 아르쥬나여! 여기에 슬퍼할 것이 무엇이란 말인가?'

누군가는 아트만을 실제로 바라보며 모든 경이감으로 그것을 이해하는 사람이 있다. 누군가는 그들의 이해를 넘어서 경이적인 것이라 말하는 사람도 있다. 또 누군가는 아트만에 관해 말하는 것을 듣고서도 그 의미를 이해하지 못하는 사람도 있다. 모든 생명체에 깃든 아트만은 영원히 죽지 않는다.

그러니 바라타의 아들이여! 그대는 어떤 사람에 대해서도 슬퍼할 필요가 없다. 또한 의무의 관점에서 고려한다 해도 주저할 이유가 없다. 왜냐하면 크샤트리야[15]에게는 정의로운 싸움에 나서는 것이 가장 고귀한 의무이기 때문이다. 진리의 문을 여는 전쟁에 참여하는 전사는 복이 있다. 그런데 만약 그대가 이 의무를 다하지 않는다면, 그대는 자신의 의무와 명예를 져버리고 죄인이 되어 치욕을 당하고 대대로 비난을 받게 될 것이다.

---

15) 크샤트리야(Kshattriya) : 인도의 전통적 관습구조에서 왕족, 권력을 결정하는 무사계급

자신의 명예를 귀중하게 여기는 사람들에게 그것은 죽음보다 더 큰 불명예이다. 장수들은 그대가 두려움 때문에 전쟁에서 도망갔다고 여기고 그대를 존경했던 이들에게까지도 멸시를 당하게 될 것이다. 또한 적들은 그대의 용기를 헐뜯으면서 이제까지 듣지 못했던 험담들을 쏟아낼 것이다. 전사에게 있어 이보다 더한 고통이 무엇이 있겠는가?

아르쥬나여! 전장에서 죽는다면 하늘을 얻을 것이요, 승리한다면 지상을 누릴 것이니 지금 일어서서 싸울 결의를 하라. 기쁨과 고통, 이익과 손해, 승리와 패배를 같은 것으로 여기고 싸움터에 나서 싸우라. 그러면 그대는 어떤 죄업(罪業)도 받지 않을 것이다.

나는 그대에게 아트만의 진정한 본질에 대해 설명했다. 이제 카르마 요가[16]에 대해 설명할 것이니, 그대가 이해하고 실천한다면 자신의 행위를 얽어맨 욕망의 쇠사슬을 부숴 버릴 수 있을 것이다. 카르마요가는 노력의 소실도 없고 퇴행의 결과도 낳지 않는다. 이 요가의 실천은 재생과 두려운 죽음의 윤회로부터 그대를 구할 수 있다.

카르마요가는 의지를 하나로 모아 앞으로 나아가야 하는 행위의 실천이다. 분별력이 결여된 우유부단한 이들은 욕망의 목적에 따라 이리저리 방황하게 된다. 이처럼 분별력이 결여된 이들은 베다경전[17]의 경구만을 외우며, 그 안에 담긴 진정한 오의(奧義)는 알지 못하거나 거부한다.

아르쥬나여! 형식에 치우친 그들은 세속의 욕망으로 가득하여 하늘의 보상에 대해서는 늘 굶주려 있다. 언어의 유희에 빠져 제사의식[18]을 수행하는 이들은 기쁨과 권능을 얻을 것이라며 오직 형식에만 집착한다. 그러나 실제로 그들은 인간이 윤회의 질곡에 속박된 카르마의 법칙 이외에는 그 무엇도 알지 못한다. 쾌락과 권력에 집착한 나머지 분별력을 잃고 허황된 말만 늘어놓는다. 그 결과 인간이 신에게 다가설 수 있도록 인도할 의지와 집중력을 잃어버렸다.

---

16) 카르마요가(Karma yoga) : 자신이 가지고 태어난 전생의 과업이나, 현생에서 스스로 만들어 낸 인연의 얽힘을 풀기 위한 일체의 노력을 의미한다. 운명과 숙명이라 순응하고 포기하는 것보다, 해결하기 위한 모든 정신적, 육체적 노력과 선의적인 행위들을 뜻한다.

17) 베다경전(Vedas) : 인도신화를 배경으로 철학적 내용을 담은 오의서(奧義書). 리그, 사마, 야쥬르, 아타르바 4종의 고대경전으로 신들의 계보와 신들의 능력을 찬양하는 내용을 담고 있다. 신을 예찬하는 운율과 주문, 시의 형식을 갖추고 신을 향한 제의(祭儀)까지 적고 있다.

18) 제사의식(祭祀儀式) : 푸자(Puja), 또는 아그니호트라(Agnihotra;불공양). 인도의 전통 관습법 카스트(Caste)에서 제의(祭儀)를 담당하는 최고의 신분인 사제(Braman)들이 신들(Devas)에게 바치는 다양한 공희(供犧)를 뜻한다.

베다는 세 가지 구나스[19]와 그 기능에 관해 설명하고 있다. 그대는 반드시 이 세 가지 구나스를 인식하고 희노애락의 감정으로부터 자유로워야 한다. 평정심을 유지하며 소유하거나 모아두지 않고 늘 아트만을 의식하는 자제력을 지녀야 한다. 대지에 홍수가 날 때에 저수지 또한 넘쳐흐르듯 분별력을 획득한 성자[20]에게 베다는 여분일 뿐이다.

---

19) 구나스(Gunas) : 보통 3구나로 불리는 성향, 성품, 원질적 요소. 우주의 변화를 이끄는 3가지 속성의 밝고 가벼운 사트바(Satva), 변화와 활동의 라자스(Rajas), 어둡고 둔중한 타마스(Tamas)가 있다.

20) 성자(聖者) : 무니(Muni)로 불리는 깨달음을 득(得)한 수행자(修行者)

그대의 일상은 행위 그 자체의 권리가 있을 뿐, 결코 그 행위의 결과나 업적에 있는 것이 아니다. 행위의 업적에 대한 욕망이 행위의 동기가 되어서는 안 되며, 게으름의 여지를 주어서도 안 된다. 지고한 신에게 그대의 마음을 고정시키고 모든 행위를 하며 업적에 대한 집착을 포기하라. 성공이나 실패에도 평정심을 가진다면 이미 그대는 요가(Yoga)[21]의 길을 걷고 있는 것이다.

결과에 관해 근심하면서 하는 행위는 자제심과 평정심으로 행하는 것의 하위에 있기에 현자들의 지혜에서 의지처를 찾으라. 결과에 연연하면서 이기적으로 행위를 하는 이들은 가련한 존재들일 뿐이다. 자제력을 갖추고 평정심으로 산다면 그대는 현재의 시간에서도 선과 악의 질곡으로부터 자유로울 수 있다. 그러므로 헌신을 통하여 신에게 이르기 위한 의지를 모아 신과 합일하라. 이것이 바로 집착을 버린 순수한 행위의 비결이다.

자제력과 평정심을 갖춘 성자들은 행위로부터 생겨난 결과를 포기하여 윤회의 속박을 벗고 욕망으로부터 자유로운 경지에 이른다. 그대의 지혜가 어지러운 환상을 깨끗이 지워버렸을 때, 그대는 현재는 물론 미래에 행하는 행위의 결과까지도 초탈하게 될 것이다. 그대의 지성은 베다의 가르침에 상치되는 해석으로 인해 당황하고 있지만, 그대의 지혜가 미혹에 흔들림 없이 아트만에 대한 명상에 전념한다면 그대는 아트만과

---

21) 요가(Yoga) : 육체와 정신을 연결하는 다양한 시도들의 총칭(總稱). 육체를 통제하고, 호흡을 조절하여 기운을 다스리며, 명상을 통해 정신적 고양을 위한 다양한 수행(修行)의 길

합일을 이룰 것이다.'

아르쥬나가 다시 묻기를,

'크리쉬나여! 브라만과 합일된 사람은 어떻게 알 수 있습니까? 그 빛나는 영혼은 어떤 방법으로 진리를 전수합니까? 그는 어떻게 앉으며, 어떻게 걷습니까?'

크리쉬나가 대답하기를,

'아르쥬나여! 빛나는 영혼은 아트만의 환희를 알며, 어떤 것도 원하지 않는다. 마음을 흔드는 모든 욕망을 포기한 그를 나는 빛나는 영혼이라 부른다. 어려움에 처해도 흔들리지 않으며 행복을 추구하지도 않고, 두려움이나 노여움을 벗어나 욕망의 대상으로부터 자유로운 그가 바로 성자이며 빛나는 영혼이다. 비록 윤회하는 육체의 질곡에 서 있을지라도 기뻐하거나 싫어하지 않으며, 불행에도 눈물짓지 않는 그가 빛나는 영혼이다. 거북이가 다리를 거두어 숨기듯, 감각의 대상으로부터 감관을 거두는 그가 성자이며 빛나는 영혼이다. 브라마차리아[22]는 욕망으로부터 벗어나고자 하나 여전히 욕망은 일어난다. 인간이 진리를 이해할 때 비로소 욕망은 그의 뒤에 남겨진다. 길을 잘 아는 사람이라 할지라도 그 길을 벗어날 수 있다. 감정은 제어하기 어렵지만 나에게 마음을 집중하고 있다면, 나는 그를 빛나는 영혼이라 부른다.

감각의 대상을 생각하는 사람에게는 그것에 대한 집착이 생겨난다. 집착으로부터 욕망이 생겨나고 욕망이 좌절되면 분노가 생겨난다. 분노로부터 어리석음이 생기고, 어리석음으로부터 경험의 혼란이, 경험의 혼란으로부터 분별심[23]이 상실된다. 분별력을 상실한 그는 인생의 유일한 목적을 잊게 된다. 그러나 탐욕과 증오를 버리면 대상을 바라보면서도 감각을 통제하기 때문에 제어된 자아는 평정을 얻는다. 평정 속에서 그대의 모든 고통과 슬픔이 소멸된다. 평정된 마음은 평화로움이 확립되기 때문이다.

자기를 절제하지 못하는 이는 아트만을 알 수 없다. 그가 어떻게 아트만을 명상할 수 있을 것인가? 명상 없이 평화가 어디에 있으며, 평화로움이 없는 행복이 어디에 있겠는가? 바람이 수면 위, 배의 방향을 바꾸듯 감관의 동요로 인해 혼란한 마음은 바람처럼 그의 판단력을 흔들기 때문이다. 그러므로 나는 감각의 대상으로부터 절제력을 지닌 이를 빛나

---

22) 브라마차리아(Bramacharya) : 금욕(禁慾)을 실천하는 수행자

23) 분별심(分別心) : 분별지(分別智;Vivekakhyati). 이것과 저것이라는 물질적 구분을 뜻하는 것이 아니라, 옳고 그름, 선악, 정의와 거짓, 무지와 지혜 등을 구별하는 정신적 판단력을 의미한다. 파탄잘리(Patanjali)의 요가경전에서는 요가수행자가 분별심을 동력으로 삼아 깊은 유상삼매경(有想三昧境;Samprajnata samadhi)에 든다고 적고 있다.

는 영혼이라 부른다. 무지한 사람에게는 아트만이 밤처럼 어둡지만, 아트만의 지혜는 늘 깨어 있다. 또한 무지한 사람은 밝은 낮이라고 생각하고 있는 그들의 생활이 성자에게는 밤이다.

강물이 끊임없이 바다로 흘러들지만 바닷물의 차이가 없듯이 욕망이 성자에게 흘러든다 해도 그는 흔들리지 않는다. 성자는 평화를 알지만 욕망에 사로잡힌 이들은 평화를 알지 못한다. 그러므로 욕망을 버린 사람만이 평화를 알 수 있다. 그대는 지금까지 아무런 욕망 없이 살아 왔는가? 욕망으로부터 벗어난 이들만이 진정한 자유를 얻을 수 있다. 이것이 브라흐만[24]의 경지이다. 이와 같은 경지에서는 어떤 것에도 미혹되지

24) 브라흐만(Brahman) : 우주적 원리로서의 범(梵), 힌두교에서는 불멸의 진아(Atman)를 창조의 신 브라흐마(Brahma)와 동일하게 보기도 한다. 범아일여(梵我一如)의 인식에서는 동일한 의미로 해석되지만 다른 면에서는 그렇지 않다. 왜냐하면 브라흐만을 인식하기 위해서 요가(Yoga)라는 실천적 길이 제시되고 있기 때문이다. 브라흐만은 현상적 우주의 배

않으며, 죽음의 시간일지라도 영원에 들어있다. 그대와 브라흐만은 본래 하나이기 때문이다.'

---

후에 있는 궁극적 본질로, 비인격 그리고 편재(遍在)의 존재로 볼 수 있다. 아트만은 자기 (Self), 즉 의식하는 사고력을 지닌 하나의 실제로부터 분리되지 않은 존재이다. 브라흐만 을 비아(Non-Ego)라고 볼 때, 아트만은 궁극적 자아(Ego)의 본질로 설명되기도 한다.

# 제 3장

## 행위(行爲)의 요가 Tṛtīyo dhyāyaḥ

아르쥬나가 묻기를,

'크리쉬나여! 당신이 말씀하신 분별하는 지혜의 획득이 어떤 행위보다 중요한 것이라면, 당신은 왜 내게 이처럼 처절한 행위를 하라고 말하십니까? 당신의 말씀에는 모순이 들어 있어 내 마음을 더욱 혼란에 빠뜨리고 있습니다. 최상의 선택을 위한 하나의 명확한 길을 제시해 주십시오.'

크리쉬나가 대답하기를,

'나는 이미 오래 전부터 이 세상에서 선택할 수 있는 두 가지 해탈의 길을 제시하였다. 명상을 통해 지혜의 길[25](Jnana yoga)에 이르고, 이기적이지 않은 행위를 통한 실천적인 태도의 삶을 지향하는 행위의 길[26](Karma yoga)이 그것이다.

행위를 억제한다고 해서 성취할 수 없으며, 행위를 포기한다 해도 완전함에 이르지 못한다. 그것은 어느 누구도 행위하지 않거나, 한 순간도 멈추어 있을 수는 없기 때문이다. 또한 모든 것은 본질적인 요소(Gunas)의 작용에 따라 때때로 자신의 의지가 아닌 행위를 하도록 되어있기 때문이다.

육체적 행위를 제어하였다고 할지라도, 마음이 여전히 감각의 대상에 미혹되어 있다면 그는 자신을 속이고 있는 위선자인 것이다. 그러나 진실로 존경을 받는 사람은 자기의 확고한 의지력으로 감정을 제어하기에 그의 모든 행위는 치우침이 없다. 이 모든 것은 브라흐만과 합일하는 길을 따라서 정해진다. 그대가 스스로 제어할 수 있는 행위를 하는 것은 아무것도 행위하지 않는 것보다 좋으며, 나태함은 자신의 육체를 부양하기도 어렵게 한다.

---

25) 지혜의 길(Jnana yoga) : 자신이 알지 못한다는 무지의 자각으로부터 출발한 지식, 경험, 교훈, 스승의 지도, 경전의 가르침에 따르는 요가수행의 방편

26) 행위의 길(Karma yoga) : 자신이 가지고 태어난 숙명이나 전생과 현생에서 쌓은 업(業;Karma)을 풀기 위한 다양한 선의적 실천행위

아르쥬나여! 신을 향한 마음으로 행위하는 것 이외에 이 세상에서의 행위는 그 자신의 업에 갇혀 있다. 그러므로 결과에 대한 집착으로부터 벗어나 모든 행위를 신성하게 수행해야 한다. 태초에 절대자(Prajapathi)[27] 가 모든 인간을 창조하여 각자에게 그에 맞는 의무를 부여하고 그것을 수행하였을 때, 번영하리라고 말했다. 이 의무의 수행이 소원을 들어주는 소(Kamadenu)[28]가 될 것이다. 이 의무의 이행이야말로 신들(Devas)[29]에게 공양(供養)하는 것이니, 그 신들도 그대들에게 응답할 것이다.

이처럼 인간은 신들과 소통을 통하여 지고의 영역에 도달할 수 있다. 신들은 그대들이 원하는 기원을 들어주겠지만 신들이 허락한 것을 무상(無償)이라고 생각하는 것은 신들에게서 도둑질 한 것과 다르지 않다. 신에게 드리고 남은 제물을 경건하게 먹는 이들은 어떠한 죄로부터도 벗어나게 되지만, 자기 탐욕을 위해 좋은 음식을 만들어 배를 채우는 것은 죄악을 먹는 것과 다르지 않다. 모든 생명이 먹는 행위를 통해 지속되듯이 음식은 곡식으로부터, 곡식은 비를 통해서 자라나 신에게 올리는 제물이 된다. 이 제사의식을 통해서 인간과 신은 소통한다고 경전들에서

---

27) 절대자(Prajapathi) : 인도 신화에서 다양한 이름으로 등장하는 창조주, 창조의 영역을 담당하는 존재

28) 카마데누(Kamadenu) : 인도 신화에서는 수라와 아수라들이 힘을 합하여 우유의 바다를 휘저어 불멸의 감로수 암리타(Amrita)를 구하고자 하였다. 이 과정에서 여러 가지 신성한 존재들이 나왔으나, 가장 먼저 튀어나온 암소가 무슨 소원이든 들어준다는 카마데누이다.

29) 신들(Devas) : 창조주의 자녀들은 수라와 아수라가 있었으나, 서로 상대적인 개념으로 선과 악, 또는 신들과 악마들로 구분됨. 수라 즉, 데바라는 명칭인 신들의 반대세력이 아수라이다.

가르치고 있다. 무변자(Brahman)에게서 비롯된 가르침은 어느 누구에게
나 의식 바탕에 영원히 편재하고 있다.

아르쥬나여! 정해진 길을 따르지 않고 다른 길을 선택한다면 그의 삶
은 악행이 되고 감각에 사로잡혀 오직 육체적 욕망에 빠진 채 헛되이 윤
회의 바퀴를 굴릴 뿐이다. 그러나 진아(眞我;Atman)를 자각하고 그 안에
서 기쁨과 만족을 찾은 이라면. 그에게 어떤 업(業;Karma)[30]이 부과됐다
할지라도 더 이상의 의무적 행위가 필요하지 않다. 그는 이 세상에서 행
위를 통해 얻는 것도 행위를 억제하여 얻을 수 있는 것도 없다. 그는 모
든 사람과 어떤 것으로부터도 벗어난 독립된 존재이다.

---

30) 업(業;Karma) : 향싼 종이에 향 내음이 배어나듯, 전생과 현생에서 자신이 쌓아온 숙명적
  인 과보(過報)

언제나 자신에게 부여된 의무를 피하지 않고 받아들이며, 결과에 대한 집착을 버리고 수행한다면 그는 절대적인 진리에 도달하게 된다. 이미 자나카왕[31]과 많은 성자들이 이와 같은 의지로 의무를 수행했기 때문에 지고한 영역에 들어섰다. 의무를 수행하는 그대도 그들을 본보기로 삼을 필요가 있다. 위대한 이들의 발자취는 무엇이든 세상 사람들이 무조건 따를만한 가치가 있다. 위대한 이의 길을 따른다는 것은 그와 같이 되고 싶기 때문이다. 그가 모범을 보여야 하는 이유이기도 하다.

아르쥬나여! 내가 삼계(三界)[32]에서 수행해야 할 일은 아무것도 없다. 내가 얻지 못한 것도, 얻어야 할 것도 없다. 그러나 여전히 여기에서 내 의무를 다하고 있지 않는가? 내가 여기에서 의무를 다하는 것은 내가 인도하는 길을 따라 사람들이 나의 뒤를 따를 것이기 때문이다. 만약 내가 이 세상에서 어떤 행위도 하지 않는다면 이 세계는 멸망할 것이다. 그리고 그 결과로써 중첩된 이 세상의 구조에 혼란을 가져와 결국 우주적 파멸에 이르게 될 것이다.

---

31) 자나카왕(Janata) : 비쉬누에게 귀의하여 헌신한 고대인도 마틸다 왕국의 왕으로, 고전 서사시 라마야나에서 라마의 약혼자 시타(Sita)의 부친
32) 삼계(三界) : 천상계, 지상계, 지하계

어리석은 사람은 의무에 따른 행위의 결과에만 집착하지만, 현명한 사람은 어떤 집착도 없이 자기 앞에 놓인 길을 묵묵히 걸을 뿐이다. 행위에만 집착하는 어리석은 이들이 혼란을 겪지 않도록, 현명한 이가 모범이 되어야 한다. 그리하여 자기 앞에 놓인 길이 얼마나 소중하고 신성한 길임을 자각하게 해야 한다. 수행하는 이의 온 정신이 절대성에 집중되어야 하는 이유이다. 모든 행위는 전적으로 세 가지 비물질적인 속성(Gunas)에 따라 일어남에도 불구하고, 어리석은 이들은 자의식에 빠져 자신이 행위자라고 생각한다. 이 세 가지 비물질적인 속성의 작용에 의한 움직임을 이해할 때, 변화를 인식하는 통찰력을 갖게 된다. 감정이 어떤 대상에 빠져있을 때일지라도 단지 구나스의 작용에 의한 것임을 인식해야 한다.

누구든 이런 사실을 알아야만 대상의 집착으로부터 벗어날 수 있다.

빛나는 영혼은 자기의 행위를 억제함으로써 무지한 이에게 혼란을 주어서는 안 된다. 환상(Maya)에 사로잡혀 아트만(Atman)과 구나스(Gunas)를 같은 것으로 보는 무지한 이는 감정에 따른 행위에 구속되어 있기 때문이다. 그대는 지금 이 무지의 열병을 쫓아내어 세속의 보상도 바라지 말고 나에게 모든 행위를 맡기라. 오직 마음을 아트만(眞我)에 집중시켜 이기적인 감정 없이 싸움터에 나설 때이다. 신뢰하는 마음으로 나의 이 가르침을 흔들림 없이 따른다면 반드시 행위(Karma)의 굴레로부터 자유를 얻게 될 것이다. 그러나 나의 가르침을 의심하면서 따르지 않는 자는 지혜가 가려서 분별력을 상실한다. 그런 그의 지식이란 결국 하나의 허황한 환상(Maya)[33]에 불과할 뿐이다.

때로는 현명한 이들도 자신의 성격에 따라 행위 하기도 한다. 모든 존재는 자신에게 주어진 본성에 따르게 되어 있는데 어떠한 외부적 억제가 무슨 소용이 있을 것인가? 어떤 대상을 바라보는 감각적인 감정이 탐욕이나 증오심을 갖게 할 수도 있으며 그것은 자연스러운 것이다. 그러나 그런 감정에 따른 행위야말로 그대의 길에서 장애물이다. 다른 사람이 행한 의무가 성공적이었다고 부러워하기보다는, 비록 완전하지 않을지라도 그대 자신의 의무를 다하는 것이 더 좋다. 자신의 의무를 다하고 죽는 길을 택하라. 다른 사람의 길을 가는 것은 그대 자신에게 영적위험을 초래할 뿐이다.'

---

33) 허황한 환상(幻想) : 인도신화에서 유지의 신 비쉬누(Vishnu)가 우주적 잠을 자며, 그가 꿈꾸는 세상을 마야(Maya)라고 한다. 인도신화에서는 비쉬누가 잠에서 깨어나면, 사라져버리는 무가치한 세상으로 마야를 설정하고 있다.

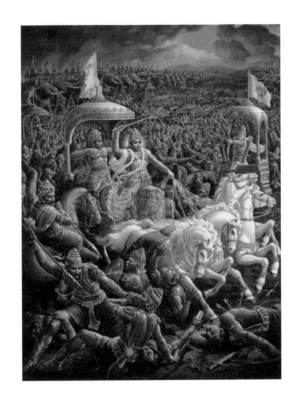

아르쥬나가 다시 묻기를,

'크리쉬나여! 인간이 악(惡)에 물들고 때로는 자신의 의지가 아닌 채로 악을 행하는 것은 무엇 때문입니까?'

크리쉬나가 대답하기를,

'라조구나(Rajo guna)[34]는 욕망과 분노라는 두 가지 얼굴이 있는데, 이는 집착으로부터 생겨나 모든 것을 집어삼키는 이 세상의 적이라는 것을 알아야 한다. 연기가 불꽃을 가리고 먼지에 거울이 흐려지며, 자궁은

---

34) 라조구나(Rajo guna) : 변화를 이끄는 근본적인 속성에서 활동력

태아를 감싸고 있듯이 집착이 진아(Atman)를 가리고 있다. 욕망이라는 모습을 지닌 채 꺼질 줄 모르는 불과 같은 집착은 현명한 이의 지혜까지도 가리는 적이다. 지식, 감정, 마음까지도 욕망이란 불의 연료일 뿐이다. 그것은 육체에 깃든 영적 거주자(自意識)까지도 미혹시켜 판단력을 흐리게 한다.

그러므로 아르쥬나여! 그대는 감정을 제어하여 진아(Atman)를 분별하는 지혜와 그 인식을 방해하는 악의 요소들을 없애야만 한다. 누군가는 인간의 감정이 어떤 대상보다도 우선이라고 말한다. 그러나 마음은 이 감정보다 우위에 있고, 지성(知性;Buddhi)[35]은 마음보다 우위에 있다. 그렇다면 이 지성보다도 더 우위에 있는 것은 무엇인가? 그것은 바로 진아(Atman)이다. 그대는 부디 이 지성보다 높은 진아(Atman)를 깨닫고 강인한 정신으로 그대의 마음을 분별하여 제어해야 한다. 그래서 욕망이라는 모습을 지닌 환상의 적을 소멸시켜야 한다.'

---

35) 지성(知性;Buddhi) : 바가바드기타에서 상당부분 산스크리트 원어로 등장하는 붓디는, 번역이 어려운 용어로서 깨달음으로 표현하는 것이 적당하다. 깨달음 그 자체보다는 깨달음으로 이끄는 힘 또는 지향성을 의미한다.

# 제 4장

# 지혜(知慧)의 요가 Caturtho dhyāyaḥ

크리쉬나가 말하기를,

'적을 섬멸하는 이여, 나는 그대에게 소멸되지 않을 진리의 길로 안내
할 요가에 대해 설명하였다. 나는 처음 이 불멸의 요가를 비바스와트[36]

---

36) 비바스와트(Vibasvat) : 인도신화에서 비바스와트는 태양신의 이명(異名)이며, 인간의 조상
마누(Manu)의 아버지이다. 그리고 마누의 아들이 익슈바쿠(Ikshubaku)이다.

에게 가르쳤고, 비바스와트는 마누에게 전했고, 익슈바쿠는 마누에게서
이 요가를 배웠다. 성자들은 이 가르침을 스승으로부터 제자에게 계속
하여 전승하였지만, 세대를 이어오면서 조금씩 잊어가며 결국 이 세상에
서 사라졌다. 내가 지금 그 불멸의 요가를 그대에게 전하는 것은 그대가
나에게 최고의 비밀인 이 가르침을 간절히 청한 친구이기 때문이다.'

아르쥬나가 묻기를,
'비바스와트는 당신보다 더 오래전에 태어났습니다. 그런데도 어떻게
요가를 가르쳐준 최초의 성자가 당신이라고 믿을 수 있습니까?'

크리쉬나가 대답하기를,
'나는 많은 생을 거쳐 왔고 그대 역시 그러한데도 나는 그 모든 생을
알지만 그대는 기억하지 못할 뿐이다. 나는 생명을 가진 모든 존재의 주
재자로, 태어남도 죽음도 없다. 내가 육신을 가진 채로 태어난 듯이 보이
지만, 그것은 다만 내가 만든 환상(Maya)의 세계에 드리운 모습일 뿐이다.
나는 세상 모든 물질세계(Prakrithi)[37]를 주재하기에 어떤 형태로든지 존재
하고 있으며, 그것이 나의 권능이다.

의로움이 약해져 불의(不義)가 이 세계를 뒤엎고자 할 때마다, 나는 이

---

37) 물질세계 : 프라크리티(Prakrithi) 지(地), 수(水), 화(火), 풍(風), 공(空) 오대 물질원소로 구성된
세계

38) 화신(化身;Avatara) : 인도신화에서 우주의 질서를 위해 세상에 나타나 직접 관여하는 유지
의 신 비쉬누의 형태화. 10번의 화신을 말하며, 9번째 화신 석가모니 이후 마지막 화신은
인류를 구원하는 존재가 아닌 파멸자(破滅者) 칼키(Kalki)로 말세에 등장한다.

세상을 유지하기 위해 화신(化身;Avatara)[38]으로 나타낸다. 변화의 세기(世紀;Yuga)[39]에 나는 악행을 소멸하고 성스러운 의로움을 지키려는 이들을 위해 다시 현신(現身)한다. 내가 이 세상에 모습을 드러내는 본질적인 이유를 진실로 이해하는 이는 육신을 떠난 후 환생하지 않고 내게로 되돌아온다.

나는 탐욕과 공포와 분노를 내려놓은 이들의 피난처이자 안식처이다. 그들은 나에게 귀의하여 지혜와 고행으로 정화되었으며 나의 상태에 이르렀다. 사람들은 제각기 여러 방면으로 나의 길을 따르며 소망할지라도 나는 차별하지 않고 그들의 기원을 들어준다. 그가 가는 길이 어떤 길일

---

39) 변화의 세기(世紀;Yuga) : 인도인들의 시간개념은 무한에 가까울 정도로 방대한 기간을 말한다. 기본적인 시간의 순환주기를 유가(Yuga)라 부르며, 어떠한 시대를 구분하는 기준 단위로 인식한다. 이런 시간개념은 순환의 반복을 다양한 신전(神殿)에 부조 또는 조각하여 수레바퀴 형태로 표현하고 있다. 지금까지 지나온 시대는 크리타, 트레타, 드바파라 유가였고, 현세(現世)는 칼리유가(Kali yuga)라 부른다. 이 네 주기가 완전하게 순환할 때, 이를 마하유가(Maha yuga)라 부르며, 그 기간은 약 1만 2천년이 된다.

지라도 그것은 곧 나의 길이며, 그가 어디를 걸어도 그 길은 내게로 인도된다.

많은 이들이 세속의 삶에서 성공을 바라는 소원성취를 위해 신들을 향한 기도를 한다. 이들은 세상에서 물질적 성취는 신으로부터 쉽게 얻을 수 있다고 믿기 때문이다. 나는 각자에 맞는 속성(Gunas)과 그 운명에 씌워진 굴레(Karma)의 해소를 위해 그에 맞는 역할수행(Darma)을 위한 방법(Caste)을 제시하였다. 비록 내가 인간을 구분하는 법을 만들었지만 나는 언제나 그 굴레에서 자유롭다. 이 의무로부터 벗어난 변함없는 존재가 나라는 사실을 그대는 인식해야 하며, 따라서 내가 어떤 행위를 할지라도 거기에 더럽혀지지 않는다. 행위의 결과에 구애됨이 없는 나의 본질을 이해한다면 누구든 행위에 구속되지 않는다. 해탈을 원했던 옛 사람들도 이 사실을 이해하였기에 그 행위의 구애됨이 없었다.

그대 또한 옛 성현들의 정신을 받아들이고 결과에 집착 없이 앞으로 나아가야만 한다. 때로는 현자들도 무엇이 의무이고, 또는 무엇이 의무가 아닌지에 대해서 명확하게 설명하지 못한다. 그대가 진정한 의무를 다하는 것에 대한 내 가르침을 이해하였을 때, 그대는 모든 부정(不淨)으로부터 벗어날 것이다. 어떤 일을 행해야 하고 하지 말아야 하는지 그대는 알아야 하고, 행위 속에서 평정심에 이르는 길이 무엇인지를 깨달아야 한다. 행위 속에서 무위(無爲)를 보고 무행위 속에서 행위를 보는 이는 진실로 지혜로운 사람이며, 행위를 하는 동안에도 그는 진아(Atman)의 평정에 정좌(靜坐)하고 있다.

행위의 결과에 따른 욕망과 계획을 갖지 않고 의무를 다하는 현명한 사람은 행위에서도 자유로우며 내 지혜의 불꽃에 태워져 그 질곡으로부터 벗어날 수 있다. 집착을 버리고 결과를 포기한 그는 진아(Atman)로 충만하여 행위를 하되, 그 행위까지도 초월한 사람이다. 어떤 욕망도 없이 마음을 제어한 육체적 행위는 죄업의 굴레에서 자유롭다.

오직 주어진 것에 만족한다면 고통이 따른다 할지라도 기쁨을 찾고 소유와 상실까지도 구속됨이 없다. 그의 행위는 구속의 사슬을 벗어나 어떤 것에도 얽매이지 않고 브라흐만(Brahman;절대성)속에서 빛난다. 집착하지 않은 마음은 절대성(Brahman)에 녹아들어 죄업에 물들지 않는다. 브라흐만은 의식(儀式)이며, 곧 제물(祭物)이다. 제사장(Braman)[40]은 브라흐만

_____

40) 제사장(Braman) : 인도의 전통 사회적관습인 카스트(Caste)에서 신에게 바치는 제의(祭儀)를

이 있는 불에 제물을 바친다. 모든 행위에서 제사장을 볼 수 있다면 그는 브라흐만에 이를 것이다.

어떤 요가수행자(Yogi)들은 오직 신들에게 기원하고, 다른 이들은 아트만(眞我)과 브라흐만(絶對性)이 동일함을 명상을 통하여 직관한다. 여기에서 아트만은 제물이고, 브라흐만은 그것이 제물로 화하는 속에서 희생의 불이된다. 어떤 요가수행자들은 감정이 외부의 대상물에 접촉하는 것을 차단한다. 그리하여 청각을 비롯한 다른 감각기관들은 제물이고, 자제력을 희생의 불로 삼는다.

어떤 요가수행자들은 마음이 가는대로 감정이 흐르는 대로 허용하며, 외부의 대상물을 바라보는 감정에서 브라흐만을 인식하고자 노력하

───────────────

담당하는 최상의 신분, 또는 계급. 일반적으로 사제(司祭)로 부른다. 힌두교에서는 승려라고 볼 수 있으나, 가정을 꾸릴 수 있고, 이러한 신분은 대를 이어 계승된다. 고대 관습법에서는 브라만 살해(殺害)를 최고의 악행(惡行)으로 본다. 발음의 유사성 때문에 개념적 정의를 잘못 이해할 수 있는데, 정리하자면, 브라흐만(Brahman)은 모든 것들을 다 아우르는 범(梵), 우주, 어디서나 존재하는 절대성에 대한 명칭이며, 브라흐마(Brahma)는 인도 신화에서 창조의 역할을 담당하는 신(神)이다. 그리고 브라만(Braman)은 신께 드리는 제의(祭儀) 주관하는 사제를 말한다.

기도 한다. 어떤 요가수행자들은 모든 감각기관(Pratyahara)의 통제와 호흡의 제어(Pranayama)를 수행함으로써 아트만의 지혜를 밝히는 연료로 삼는다.[41] 어떤 요가수행자들은 신께 드리는 기원(Baakti yoga)[42]을 통하여 감정을 지배하는 대상에서 벗어나고 물질의 소유를 포기한다. 고행(Tapas)[43]을 통하여 정한 정신적 규율을 지키는 신앙의 길을 선택하기도 한다. 어떤 이는 라자요가(Raja yoga)[44]를 수행의 길로, 또는 지혜를 통하여 완성에 이르기 위한 진언(Mantra)[45]을 외우며, 경전의 가르침을 따라 진지한 태도로 연구(Jnana yoga)[46]하고 명상한다.

---

41) 요가수행의 8단계에서 세 번째 단계인 호흡을 제어하여 기운을 순환시키는 프라나야마(Pranayama), 네 번째 단계인 자신의 감각기관을 통제하는 제감법 프라탸하라(Pratyahara)를 통하여 여섯 번째 집중(集中), 일곱 번째 몰입(沒入), 최종적인 8단계인 깊은 삼매(三昧)에 들 수 있다는 의미이다.

42) 신(神)께 드리는 기원(祈願) : 신에게 헌신(獻身)하는 요가수행을 박티요가(Bakti yoga)라하며, 신을 향하여 반복적 주문(呪文)을 암송하는 것을 자파요가(Japa yoga)라고 한다.

43) 고행(Tapas) : 자신이 추구하는 바를 위한 열정, 열의를 가진 실천 수행. 정신적 영역을 탐구하는 인도의 수행자들에게 공통적으로 소원성취를 위한 과정이 필수적이다. 인간의 육체적 한계를 극복하려는 다양한 수행의 시도 등을 고행(苦行)이라 부른다.

44) 라자요가(Raja yoga) : 왕도(王道)요가, 명상요가라고도 부르며, 개별적이고 비의적인 셀 수 없는 수행법들 중에서 가장 시행착오를 줄이는 방편으로 제시된 단계적인 수행체계이다. 파탄잘리(Patanjali)가 정리한 요가의 고전(古典) 요가수트라(Yogasutra)에서는 마치 계단을 오르듯 여덟 단계를 거치는 이 요가수행을 아쉬탕가(Ashtanga)요가라고도 부른다. 이 단계적 요가수행의 최종 목적이자 정점에는 사마디(Samadhi) 즉 삼매(三昧)가 있다.

45) 진언(眞言;Mantra) : 일정한 음절 또는 의미를 담은 단어들을 외우는 것으로 의식을 집중하는 수행의 방편이다. 마음을 뜻하는 만(Man)과 건너기를 뜻하는 트라(Tra)의 합성어로써 일정한 음률로 긍정적 진동을 주는 효과를 기대한다. 가장 잘 알려진 만트라는 신성한 주문인 옴(Om;唵)만트라이며, 신의 이름이나 짧은 주문(呪文)을 반복적으로 암송(暗誦)하는 자파(Japa)가 있다.

46) 갸나요가(Jnana yoga) : 진리의 발견, 지식의 확장을 위하여 경전(經典)의 가르침을 따라 진지한 태도로 연구하는 요가수행체계

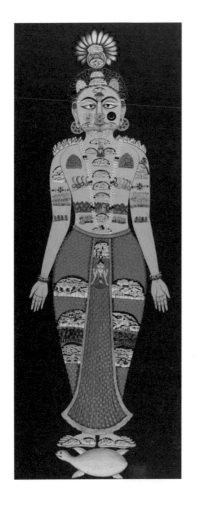

어떤 요가수행자들은 생명의 기운(氣運)을 통제하기 위하여 들숨과 날숨의 호흡을 제어(Pranayama)하고, 단식으로 육체를 정화하며, 감각의 욕망을 억제(Bramachrya)하여 자제력을 획득하려고 한다. 이 모든 수행이 신을 향한 희생제의(Yajna;犧牲祭儀)[47]를 의미하며, 이는 업(業)으로부터 벗어나려는 진실한 시도들이다. 신의 은총을 받은 희생의식에서 남은 음식을 먹는 이들이야말로 불멸성을 얻어 영원한 브라흐만(絶對性)에 이를 수 있다.[48] 신을 의지하지 못하는 이에게 이 세상 어디에서 행복을 구할 수 있을까? 나약한 다른 사람에게서 의지처를 찾을 수 있을까?

47) 희생제의(犧牲祭儀;Yajna) : 힌두교의 브라만 사제들이 신을 위해 올리는 동물공양 제사. 다양한 절차와 형식을 갖추고 엄숙하게 치르는 공희(供犧). 고대에는 주로 신과 인간을 연결하는 의미로써 말(馬)이 주요 제물로 바쳐졌다.

48) 고대 힌두의 희생제는 말이나 염소 등을 신의 제단(祭壇)에 올렸으나, 후기에는 어떠한 물질보다는 그 신을 기리고 은총을 구하는 기원과 예배를 제의로 보고 있다. 신에게 올리는 희생의식에서의 남은 음식을 먹는다는 구절은 중의적 표현으로 신앙자의 신을 향한 시간과 경건한 삶의 태도를 말한다.

아르쥬나여! 신의 은총을 구하는 다양한 형태의 신앙이 경전에 기술되어 있다. 이 모든 것은 의무를 다함으로써 이룰 수 있음을 그대가 이해할 때 브라흐만(絶對性) 안에서 자유로울 것이다. 물질적인 제물을 바치는 제의식보다 브라흐만을 명상하는 것이 더 크고, 모든 행위의 보상은 신의 은총을 통해 이루어진다. 그대가 진리를 깨달은 빛나는 영혼들 앞에 엎드려 그들의 제자가 되기를 청한다면, 그들은 브라흐만의 지혜로 그대를 안내해줄 것이다.

진리를 깨달은 이는 다시는 무지로 인한 미혹에 헤매지 않고 그 지혜의 불빛으로 그대 안에 존재하는 아트만(眞我)과 내 안에서 모든 창조물을 보게 될 것이다. 행여 그대가 죄업에 빠진 이들 중에서 가장 악한 죄업을 지었을지라도, 이 지혜의 뗏목으로 모든 죄업의 바다를 건널 것이다. 타오르는 불꽃이 땔감을 재로 만들듯이, 지혜의 불은 모든 카르마(業)를 재로 만든다. 세상에서 이 지혜만큼 위대하고 순수한 것은 없으니 요가의 완성에 이른 수행자는 그의 마음속에서 진리를 깨달을 것이다.

신심으로 신에게 헌신하는 이는 그 감정을 제어하여 브라흐만에 이르고, 깨달음을 얻은 그는 열정을 넘어 지고의 평안에 이른다. 그러나 무지한 사람, 신성을 의심하는 사람은 파멸에 이른다. 불신으로는 이 세상에서 또는 내세에서든 어떤 행복도 구할 수 없다. 집착을 떠난 요가를 수행하고 의심을 부숴 버린다면 브라흐만을 인식할 수 있다. 그의 정신이 아트만의 존재로서 명상에 들어 있을 때, 어떤 것도 그를 구속할 수 없다. 그대의 마음 깊이 자리한 의심이 환상(Maya)에 이끌리고 있는 것을 나는 알 수 있다. 살아있는 아트만(眞我)의 진리를 의심하지 말아야 한다. 그대 분별의 칼은 어디에 있는가? 그 칼을 들어 무지로부터 생겨난 환상(Maya)을 산산조각으로 잘라내고 카르마요가에 전념해야 한다. 바라타의 아들이여!'

# 제 5장

## 행위의 실천(實踐) Pañcamo dhyāyaḥ

아르쥬나가 묻기를,

'크리쉬나여! 당신은 행위의 포기를 높이 평가했고, 또 다시 행위의 요가(Karma yoga)를 따르라고 말씀하셨습니다. 지금 이 둘 중에 더 나은 하나가 무엇인지 제게 명확하게 말씀해 주십시오.'

크리쉬나가 대답하기를,

'행위를 포기하거나 행위를 수행하는 것이 자유를 얻기 위한 것이라면 두 가지 모두 좋으나, 행위를 회피하는 것보다는 행위를 실천 수행하는 요가가 좋다. 대립되는 어떤 것을 혐오하지도 어떤 것도 갈망하지도 않는 굳은 신념을 가진 사람은 어떤 대상에 대한 욕망도 증오도 포기한 귀의자이다.

아르쥬나여! 대립을 벗어난 그는 어떤 구속으로부터도 자유로운 존재이다. 무지한 이들은 행위를 실천하는 요가와 브라흐만의 지혜가 다르다고 말하지만, 진실을 아는 현자는 이론과 실천을 하나로 여긴다. 이론과 실천, 어떤 길을 택한다 할지라도 끝까지 정진하면 동일한 자유를 얻는다. 그러나 행위의 요가를 따르지 않고 행위를 포기하는 것은 어렵다.

명상을 통해 청정함을 얻은 요가수행자의 영혼은 브라흐만에 이른다. 요가에 의해 청정한 심신으로 감정과 육체를 통제하고, 내면의 아트만이 만물의 창조자와 동일함을 인식하게 될 때 그의 행위는 더러움에 물들지 않는다. 그의 빛나는 정신은 브라흐만을 무위의 관조자로 생각한다. 그가 어떤 것을 보고, 듣고, 만지고, 냄새 맡고, 먹고, 걷고, 자고, 숨을 쉬는 동안에도 아트만(眞我)은 무위(無爲)의 관조자이다.

또한 말하고, 배설하고, 붙잡고, 눈을 뜨거나 감을 때에도 아트만은 보지도 듣지도 않는 무위임을 항상 놓치지 말아야 한다. 감각의 대상물을 만지고, 보고, 듣는 감정의 이끌림에 따른 집착을 포기한 그는 브라흐만에게 행위를 바친다. 물에 젖지 않는 연꽃잎처럼 그의 행위 또한 집착이 없는 무위이다.

행위의 요가를 추구하는 요기에게는 육신도 마음도, 감각기관과 지성도 그저 도구에 지나지 않는다. 도구가 아닌 진아(Atman)를 찾는 그의 마음은 순결하다. 그가 행위의 결과에 집착하지 않고 영적수행을 통한 브라흐만과의 합일을 이룬다면 영원한 평온을 얻는다. 브라흐만을 모르는 사람은 행위의 결과에 집착하여 욕망의 노예가 된다.

아홉 개의 문[49]이 달린 성안에 깃들어 있는 주인은 온전하다. 그의 분별심은 결코 행위자가 아니며, 행위를 관여하지도 않고, 모든 행위를 벗어나 있다. 그대는 자신이 행위자이고, 행위의 주체라는 꿈을 꾼다. 그것은 어리석음에서 비롯된 꿈으로 그대가 보고 있는 이 세상의 환상이다.

브라흐만은 모든 곳에 존재하고 있으며, 어떠한 악이나 선도 취하지 않는다. 빛인 아트만이 무지의 어둠으로 가려질 때는 미몽(迷夢)이며 환상이다. 그러나 무지의 어둠을 아트만의 빛으로써 소멸시킨 이는 태양처

---

49) 외부로 향해진 육체의 감각기관들을 의미함

럼 지고의 브라흐만을 빛나게 한다. 신에게 귀의한 이들은 신과 함께 살며 그 존재를 최고의 목적으로 삼아 전념으로 신앙한다. 무위의 존재는 마음에 있으며, 과거의 행위나 부정한 생각들에서 자유롭다. 그들은 지혜가 안내하는 자유로운 장소, 윤회하지 않는 거처(居處)를 찾는다.

선각자(先覺者)는 학식 있고 온화한 브라만부터 암소, 코끼리, 개를 먹는 사람들까지 모든 사물을 동등하게 바라본다. 브라흐만에 몰입되어 마음의 평온을 얻은 이들은 현생에서도 카르마(Karma;業)를 극복한 이들이라고 볼 수 있다. 왜냐하면 브라흐만은 악에 물들거나 변함이 없는 절대성이기 때문이다. 다른 어느 곳에서 그들의 안식처를 구할 것인가?

선각자들은 브라흐만에 머물며, 어떤 대상에도 당황함이 없는 평정심으로써 기쁨으로 들뜨지 않고 불행 때문에 슬퍼하지 않는다. 외부의 접촉에 집착하지 않고 아트만(眞我)에 몰입된 이는 브라흐만을 알기에 불멸성의 환희에 들어있다. 감정은 대상에 접촉할 때 기쁨과 슬픔을 잉태하는 원천이다. 현자는 시작과 끝이 있는 그것에 기뻐하지 않는다.

이 세상에서 육체를 벗기 전, 욕망과 분노로부터 생겨난 동요를 견딜 수 있는 사람은 브라흐만의 환희를 찾은 사람이다. 오직 요기(Yogi)[50]만이 내면의 기쁨과 평안이 있고, 내면으로 향해진 의식으로 브라흐만의 니르바나(Nirvana;涅槃寂靜)[51]에 든다. 허물을 제거하여 의심을 단절하고, 자

---

50) 요기(Yogi) : 요가수행자

신의 감정을 제어하여 모든 존재의 이익에 기뻐하는 현자는 브라흐만에 이르러 니르바나에 든다.

욕망을 자제하여 마음을 제어한 수행자는 아트만을 아는 요기이며, 니르바나에 들어 현세에도 내세에서도 브라흐만 안에 들어있다. 외부 대상물과 감정의 접촉을 닫고 미간을 응시한 채, 들이쉬고 내쉬는 숨과 감각, 마음, 지성까지 제어한다.[52] 해탈을 최고의 목적으로 삼아 욕망과 공포와 분노를 제거한 수행자는 영원한 자유를 얻는다. 그는 나를 제사의 창조자, 고행의 향수자, 삼계(三界)의 주재자, 모든 중생의 친구로 알아 지고의 평안에 이른다.'

---

51) 니르바나(Nirvana;涅槃寂靜) : 지고의 희열, 지복(至福), 열반경(涅槃境)으로 표현된다.

52) 요가의 무드라(Mudra;結印) 중에서 명상의 몰입을 위한 최상의 미간응시 집중법. 시바의 명상을 의미하는 샴바비 무드라(Shambavi mudra)라고 부른다. 제 3의 눈이라 말해지는 아즈나 차크라(Ajna chakra)에 눈을 치켜뜬 채 의식을 고정하는 무드라이다.

155

# 제 6장

## 명상(冥想)의 요가 Ṣaṣtho dhyāyaḥ

크리쉬나가 말하기를,

'자신에게 부여된 의무를 다하며 그 행위의 결과를 원하지 않는 요가 수행자는 진실로 산냐신[53]이다. 그러나 이기적인 기원을 위한 예물과 남에게 보이려는 의례를 행하는 이는 진실한 요가수행자가 아니며, 산냐신 또한 아니다.

---

53) 산냐신(Sanyasin) : 귀의자, 구도자, 구속됨이 없는 자유로운 수행자

그대는 요가라고 부르는 것이 진정으로 모든 것을 내려놓은 산냐사[54]임을 알아야만 한다. 요가의 길에서 산냐신은 미래의 결과를 기대하고 염려하면서 행위의 요가를 실천할 수는 없다. 최고의 절대성에 이르기 위한 명상을 수행하는 이는 브라흐만과 합일하며, 그 길이 곧 행위의 요가이다. 그가 유일한 존재에게 이르렀을 때 그는 모든 행위에서 자유로운 평온함에 이를 것이다. 그가 감정의 대상과 행위에 대한 집착으로부터 벗어났을 때, 욕망으로 인한 번뇌로부터 벗어났을 때 그는 비로소 브라흐만에 이르렀다고 볼 수 있다.

그대의 의지는 무엇이며, 어떤 길을 향할 것인가? 그대의 의지는 아트만(眞我)을 가리지 않도록 조명지(照明智;Pratibha)[55]가 되게 해야 한다. 아트만의 친구이거나 상대성에 대한 인식 모두 유일한 그대의 의지로부터 비롯된다. 그대의 제어된 굳은 의지는 아트만을 친구로 알지만, 제어되지 않은 사람의 의지는 아트만을 다른 대상으로 보이게 한다. 그대가 의지를 통제하여 고요하게 아트만에 몰입되어 있을 때, 추위와 더위, 기쁨과 고통, 명예와 모욕에서도 적정(寂靜)속에 있다.

그대의 의지가 경험과 지식을 바탕으로 완전성을 위한 브라흐만의 진리와 합일할 때, 다시는 감정의 대상에 동요되지 않는다. 이처럼 감정을

---

54) 산냐사(Sanyasa) : 구도자의 길, 즉 산냐신이 세속적 삶에서 포기한 맹세를 지키고자 하는 마음가짐 또는 태도. 베다에서 제시하는 희생의식이나 의례로부터 벗어난 자유로운 수행을 의미하기도 한다.

55) 조명지(照明智;Pratibha) : 빛나는 지혜로써 진아(Atman)를 가리지 않고 비출 수 있게 스스로의 자각과 성찰을 다하는 깨어있는 의식

통제한 요기는 브라흐만과 합일되어 땅위에서 돌과 황금의 차별이 없다. 친구들, 동지들, 적들, 친척들, 선하거나 악한 사람, 한쪽으로 치우쳐 있는 사람, 어느 집단에도 속하지 않고 동등하게 대하는 이는 위대하다.

요기(Yogi)는 반드시 한적한 곳에 머물러 몸과 마음의 청정을 위하여 홀로 수행해야 한다. 끊임없이 아트만을 명상하면서 이기적인 기원이나 세속적인 물질의 소유로부터 벗어나야 한다. 명상수행은 너무 높거나 낮지도 않은 깨끗한 곳에 자리를 정하고, 성스러운 풀을 깔고 사슴 가죽을 올려 천으로 덮는다. 고정된 자세에서 감정을 제어하고 집중된 의식으로 아트만에 몰입해야 한다. 이렇게 수행을 실천하는 요기는 순결함을 얻게 될 것이다.

몸과 머리와 목을 바르게 세운 고정된 자세로 코끝을 응시한 채 아무런 움직임이 없이 자신으로부터 벗어나야 한다. 평온하고 두려움 없는 마음으로 브라마차리야(Bramacarya)[56]의 계행(戒行)을 지키고, 오직 나의 유일성을 목표로 삼아 어지러운 마음에서 벗어나라. 내게 귀의하여 나에게로 몰입된 그대의 눈에 비친 나는 바로 그대의 모습이며 그대가 이르고자하는 목적이다. 브라흐만과의 일치를 위하여 끊임없이 마음을 제어하고자 수행하는 요기는 마침내 내 안의 평화와 니르바나의 적정(寂靜)에 들 것이다.

과식, 지나친 단식, 잠을 많이 자거나, 밤새워하는 기도와 독송 등은 요가수행에 적합하지 않다. 절제된 음식섭취와 적절한 휴식을 취하고, 수면과 깨어있음을 스스로 제어할 수 있어야 한다. 요가는 고행의 과정이 아니라 심신의 변뇌를 물리치는 길이다.[57]

브라흐만(梵)과의 합일을 위해서 마음의 움직임을 온전히 제어하여 모든 욕망으로부터 자유로운 이는 아트만(眞我)에 몰입되어 있다. 바람 없는 곳의 등불이 흔들리지 않듯이, 마음의 움직임을 제어하여 아트만에 집중한 요가수행자는 진정한 명상에 들어 있다. 이처럼 혼란한 마음으로부터 벗어나 평온함을 얻은 수행자는 아트만을 자각하는 요가를

---

56) 브라마차리야(Bramacarya) : 성적(性的)욕망 포기의 계율을 지키는 금욕수행자
57) 요가수행의 정도(正道)

실천하는 것이다.

감정의 이해를 초월하여 확고한 인식으로 정화된 정신은 그를 완전한 평온과 한계 없는 지복으로 이끈다. 그리하여 존재의 가장 깊은 내면의 진리에서 벗어나지 않으며, 다시는 동요하거나 방황하지 않는다. 이제 그는 그것을 얻었으므로 이 보물이 어떤 가치보다 우선함을 알기에, 그렇게 굳어진 신념은 어떤 슬픔과 고통에서도 결코 부서지지 않는다.

요가수행의 진정한 의미는 이 확고한 신념을 성취하는 실천의 길이며, 그것은 고통과 연결하는 모든 것을 단절하는 것이다. 집착으로 인해 생겨난 모든 욕망을 포기하고, 흔들림 없는 확고한 마음으로 요가를 수행해야 한다. 지혜로운 분별력은 어지러운 감정들을 통제할 수 있다. 지성(Buddhi)[58]의 도움을 얻은 분별심과 굳은 의지는 정신적인 방황을 벗어나게 하며, 아트만의 지혜속에 침잠(沈潛)한다. 불안정한 마음과 어떤 혼란에서도 마음을 고정하고 오직 아트만에 집중해야 한다. 이로써 격정이 가라앉아 온전한 평온에 든 요가수행자(Yogi)는 브라흐만의 순수한 환희에 이를 것이다.

---

58) 지성(知性;Buddhi) : 바른 앎, 깨달음

　영원한 브라흐만의 희열에 들어 모든 허물을 소멸시키는 명상은 그를 끝없는 지복(至福)으로 안내한다. 브라흐만의 품에 든 요기의 눈은 모든 대상에서도 브라흐만의 존재만을 본다. 모든 존재에 아트만이 깃들어 있고, 그 자신이 아트만임을 인식하게 된다. 어디에서나 나를 보며 내 안에서 모두를 보는 그는 나를 잊지 않으며, 나도 그를 주시하고 있다. 모든 존재 안에 머무는 나를 신앙하며 오직 나에게 전념하는 요가수행자는, 그의 삶이 어떨지라도 내 안에 살고 있는 것이다.

　아르쥬나여!
　모든 존재들이 희열에 빠져들고, 슬픔과 고통이 있을지라도 이 모든

감정들을 자신의 내면에서 갈무리하는 이가 최고의 요가수행자이다.'

아르쥬나가 묻기를,

'당신은 브라흐만과 합일하는 요가의 길을 가르쳐 주셨습니다. 그러나 나는 이것이 얼마나 영원할 수 있는지 알지 못합니다. 인간의 마음은 불안정하기 때문입니다.

크리쉬나여!

인간의 불안한 마음은 감정의 질곡에 너무도 강하게 결속되어 있습니다. 세속적인 집착과 욕망으로 난폭해진 마음을 어떻게 길들일 수 있습니까? 인간 스스로 마음을 제어한다는 것은 오히려 부는 바람을 통제하는 것보다도 어렵다고 나는 생각합니다.'

크리쉬나가 대답하기를,

'위대한 전사 아르쥬나여!

확실히 인간의 마음은 제어하기 힘들고 불안정하다. 그러나 냉정한 태도를 유지하며 끊임없이 요가를 수행한다면 마음을 제어할 수 있다. 육체가 자기 자신이라는 어리석음을 떨치고 진정한 내면의 진아(Atman)를 온전히 자각해야 한다. 그렇지 못하는 한 인간은 결코 감정의 대상물로부터 벗어나지 못하며 요가의 완성을 이루기 어렵다. 심신을 제어하는 방법을 제시한 올바른 요가의 길을 선택하고 성실하게 수행하는 요기(Yogi)는 불멸성에 이를 것이다.'

아르쥬나가 묻기를,

'크리쉬나여! 당신이 가르쳐준 요가의 길을 모른 채 그 나름의 어떤 신앙을 가지고 수행을 하는 사람도 있습니다. 비록 요가의 완성에 도달하지 못할지라도 그의 신념이 이끌어 가는 곳은 어디인가요?

존경하는 위대한 크리쉬나여 !

인간이 브라흐만에게 향해진 길에서 벗어났을 때, 그는 세속의 삶과 정신적 수행의 혼란에서 방황합니다. 흩어진 구름이 하늘에서 사라지듯 어느 곳에도 의지할 수 없는 그 존재 또한 사라지는 것입니까? 이 의문에 대한 번민은 나를 끝없이 고통스럽게 합니다. 오직 당신만이 내 마음에 자리한 이 의문을 제거해줄 수 있습니다. 부디 은총의 가르침을 주십시오.'

크리쉬나가 대답하기를,

'그렇지 않다. 나의 사랑하는 이여! 현생에서이든 내세이든 한번 진리를 향해 내딛은 발길은 결코 멈추지 않는다. 브라흐만에 이르기 위해 선한 의지를 갖고 실천 수행하는 영혼은 결코 악에 물들지 않으며 소멸하지 않는다. 요가의 길을 따르지 못했을지라도 선(善)한 영혼은 천상계에 오래 거주하고, 고결한 여인이나 번영한 집안에 다시 태어난다. 또는 현명한 요가수행자의 가문에 태어난다. 그러나 이와 같은 출생은 세상에서 심히 얻기 어렵다. 그는 이 생애에서도 전생에서 깨우친 그 지성과의 결합을 이루어 완성을 향해 더욱 노력한다. 그것은 전생에서 실천 수행한 이력에 의해 그가 원하지 않더라도 그 길에 이끌리기 때문이다. 따라서 그가 절대성에 대해 알기를 원하기만 해도 브라흐만을 향한 요가의 길에 들어설 것이다.

한번이라도 브라흐만의 길을 따라가고자 했던 이는 단순히 베다의식을 수행하는 이들보다 앞서 걸어가는 사람이다. 끊임없는 실천수행으로 부정함을 정화한 요가수행자는 수많은 출생의 고통을 통해 완성의 길에 들어선 영혼이다. 그는 마침내 최고의 목적지인 해탈의 장소에 이를 것이다.

브라흐만과 합일을 추구하는 요가수행자는 학식이 많거나, 또는 육체의 한계를 극복하려는 고행자들보다 위대하다. 그러므로 아르쥬나여! 요기(Yogi;요가수행자)가 되라. 신념을 지니고 온 마음을 다하여 내게로 귀의한 사람, 진정으로 나를 사랑하고 공경하는 요기는 이미 나와 동일한 존재이다.'

# 제 7장
# 지혜와 통찰(通察) Saptamo dhyāyaḥ

크리쉬나가 말하기를,

'아르쥬나여! 나를 그대의 유일한 피난처로 삼아 온 마음으로 귀의하여 요가를 실행하라. 그러면 그대가 어떠한 의문도 없이 우주적 실재(實在)로 존재하는 나를 알 수 있는 법을 말해줄 것이다. 그리고 나의 모든 지식과 정신적 경험까지 그대에게 줄 것이다. 인간이 그 지혜를 알게 될 때 이 세상의 비밀은 없다.

여기 이 수많은 사람 중에서 한 사람만이 완전성을 향한 열망을 가졌다. 이곳에 완전한 자유를 추구하려는 이가 얼마나 있는지 내게 말해보

라. 여기 나의 존재에 대해서 진실로 알고자 하는 이는 오직 그대 한사람 뿐이다.

우주를 유지하는 프라크리티(원질)는 지(地), 수(水), 화(火), 풍(風), 공(空), 심(心), 지(知), 자아(自我) 여덟 가지의 물질원소로 구성되어 있다. 그대는 이 물질계의 배후에 무엇이 주재(駐在)하고 있는지를 반드시 깨달아야 한다. 그것은 모든 존재 내면의 의식에 자리한 단 하나의 절대적 의식이다. 물질의 구성과 그 주관자를 구별함으로써 모든 생명의 원천과 우주적 원리를 알았을 때 그대는 참으로 진실에 이른다.

아르쥬나여!
모든 존재의 원천인 프라크리티를 알아야 한다. 나는 이 우주를 만들었고 또 파멸시키는 근거(根據)이다. 나 이외에 이 우주는 실에 꿰어진 보석들처럼 걸려 있다. 나는 물의 근원이고, 해와 달의 빛이며, 모든 베다서의 옴(Om;唵)[59]이다. 나는 이 성음(聲音)이 공간에 울려 퍼지는 소리이며, 모든 생명의 활력이다. 나는 대지의 신선한 향기이고, 불타오르는 빛이며, 고행자의 땀이다.

나는 모든 생명의 영원한 씨앗이고, 현명한 이의 지혜이며, 욕망에 구애됨이 없는 강한 이의 힘이다. 인간이 추구하는 본질적 욕망의 대상이

---

59) 옴(Om;唵) : 아(A), (우(U), 옴(Om) 3음절로 이루어진 성음(聖音). 생성, 유지, 소멸의 3가지 원리를 소리로 표현한 것. 본래는 힌두 고전철학서 우파니샤드(Upanishad)에 처음 등장했으나, 명상의 몰입을 위한 수행의 방편으로 불교와 자이나교 등에서도 이를 차용하여 외우는 진언이나 주문

며, 모든 존재의 한계를 초월하지 않고 취하는 법도이다. 또한 그대는 내 안에서 구나스(Gunas)에 대해서도 반드시 알아야만 한다. 그것은 사트바(순수함), 라자스(움직임), 타마스(무거움)로서 그것들은 내 안에 있지만 나는 그것들에 속하지 않는다. 이 세 가지 변화의 속성에 의해 세상 사람들은 감정에 이끌려 미혹(迷惑)된다. 그 때문에 이를 초월하여 존재하는 불멸의 나를 인식하지 못한다. 나는 변화의 속성에서 벗어나 있는 절대성이며 불멸성이다.

인간은 끊임없이 변화를 이끄는 속성의 구나스에 의해 이루어진 이 마야(幻想)의 세계에서 벗어나기는 어렵다. 오직 내 안에서 안식을 찾으려는 사람만이 이 환상(Maya)의 세계를 통과하여 내게로 올 수 있다. 그러나 세상의 부귀영화에 미혹되어 악을 행하는 사람들은 나의 존재를 알기 못하고 끝없는 삼사라(Samsara;輪回)의 운명으로 빠져든다. 그들의

판단력은 인간의 법도를 벗어난 채 마야의 미로속에서 상실되어 윤회의 과업(過業)을 이어간다.

나를 신앙하면서 선한 행위를 통해 순화된 네 부류의 인간들이 있다. 세속의 일에 충실한 사람, 지식의 열정이 충만한 사람, 행복을 추구하는 사람, 그리고 정신적 분별력을 가진 사람이다. 이들 가운데 정신적 분별력 즉, 지혜로운 사람을 나는 가장 사랑하며 뛰어난 존재로 여긴다. 그는 자신을 오직 내게로 향해 헌신하며 끊임없이 나와 합일을 이루고자 한다.

이처럼 그가 내게 모든 것을 헌신하는 마음으로 귀의하였기에 나 또한 그를 사랑으로 대한다. 이는 실로 고귀한 것이며, 나는 지혜로운 자를 바로 나의 또 다른 자아로 여긴다. 왜냐하면 헌신적인 그의 마음이 향한 유일한 목표가 나 자신이고 나 또한 그를 사랑하기 때문이다. 수많은 세월을 지나며 다시 태어난 이의 지혜는 깊어져, 브라흐만이 만물의 근원임을 깨닫고 내게서 안식을 구하려 한다. 그러나 끝없는 윤회의 반복에도 진리를 추구하고 불멸성에 귀의하려는 이들은 많지 않다.

인간의 분별력이 세속의 욕망으로 무뎌져 이런저런 제의식과 의례들을 제정하고, 선천적 본능과 충동에 따라 여러 가지 신의 형상들을 만들어 의지한다. 어떤 신을 선택하여 믿고 의지하든 아무런 문제가 아니다. 그의 신념이 향하는 바대로 나는 흔들리지 않는 신앙을 허락한다. 내가 그에게 신심을 부여하여 그가 자신이 선택한 신을 숭배하며 기원하는 모든 것을 그 신으로부터 얻도록 한다. 그러나 실제로 모든 존재의 기원

(祈願) 모두는 내가 주관자다.

　지혜가 없는 이들은 오로지 일시적이고 소멸되는 것을 기원한다. 그
와 같은 믿음의 결과는 유한하다. 신들(Devas)을 숭배하는 자는 신들에게
로 가고 나에게 귀의한 자는 내게로 온다. 무지한 이들은 현시(顯示)하지
않은 나의 불멸성을 알지 못한 채, 그저 가시적으로 드러난 인간의 모습
만을 볼 뿐이다.

나의 본성은 온 우주에 편재한 브라흐만과 변함없이 일치되어 있다. 많은 이들에게 나타나지 않은 나의 존재는 내가 만든 마야(幻想)의 세계에 감추어져 있기 때문이다. 불생불멸의 나를 환상의 세계(Maya)속에 있는 이들이 어떻게 인식할 수 있을까? 마치 꿈을 꾸는 이는 누가 그 꿈을 꾸게 하는지 알지 못하는 것과 같다.

아르쥬나여!

나는 지나간 것들과 진행되는 것들 그리고 미래의 존재들에 대해 알고 있다. 그러나 누구도 진정한 나를 알지 못한다.

인간들은 대립의 세계가 실재한다는 환상에 빠져 기질적으로 분별력을 잃어버리고 방황한다. 그러나 이 환상은 그들 자신의 충족되지 못한 욕망과 상대적 증오에서 생겨난다. 선한 행위를 하는 이들은 죄업(Karma)이 소멸되어 이 상대적인 세계의 환상으로부터 벗어난다. 그들은 자신의 굳은 신념을 지키며 나에게 귀의(歸依)하고, 늙음과 죽음의 두려움으로부터 벗어나기 위하여 나를 의지하며 안식을 구한다. 그들은 브라흐만의 창조력과 아트만의 절대성이 결코 분리된 적이 없는 전체적인 본질을 깨닫게 된다. 나를 인식함으로써 그들은 상대적 세계의 허상, 자아, 그리고 모든 행위를 주재하는 신의 본성을 이해한다. 그러므로 죽음의 순간까지도 나를 알기위해 일념(一念)을 다하면, 바로 그때 그의 자아(自我)는 나의 의식과 합일하게 된다.'

# 제 8장

# 불멸(不滅)의 요가 Aṣṭhamo dhyāyaḥ

아르쥬나가 묻기를,

'크리쉬나여! 당신께서 말씀하시는 그 브라흐만이 대체 무엇입니까? 아트만은 무엇이며, 브라흐만의 창조력은 무엇입니까? 이 상대적인 세계의 본질과 자아의 본성은 어떤 것입니까? 그리고 이 육신의 행위를 주재하는 신은 누구이고, 육신 안에 어떻게 존재하고 있습니까? 죽음이라는 찰나의 경계를 넘는 순간, 이미 죽은 이의 의식이 어떻게 당신의 의식과 합일할 수 있습니까? 지고의 존재여! 다시 한번 자세하게 가르쳐 주십시오.'

크리쉬나가 대답하기를,

'인간의 언어로는 한계가 있지만, 브라흐만은 지고의 불멸성 그 자체이자 절대성이라고 말할 수 있다. 브라흐만의 불멸성이 인간들 존재 내면에 깃들어 있을 때 아트만이라고 부른다. 브라흐만의 창조력은 과거, 현재, 그리고 미래에 나타날 모든 존재의 근원이 되는 본질이다. 상대적 세계의 본질은 끊임없이 변화하는 것이며, 인간 개인의 본질은 이기적인 자의식이다. 그러나 육신에 주재하며 행위를 관조(觀照)하는 진아(眞我;Atman)가 나라는 사실을 잊지 않아야 한다.

인간의 영혼이 육체를 떠나는 죽음의 순간에 그가 의식을 나에게 몰입한 채 떠난다면 그는 틀림없이 나와 합일한다. 여기에 의심의 여지는 없다. 인간의 영혼은 육신을 떠날 때 마지막으로 떠올리는 것에 이끌리며, 다음 생애에서 그것에 이입(移入)된다. 이는 그가 살아생전에 끊임없이 그것을 연상하고 애착을 가졌기 때문으로 죽음의 순간에 절실해진 그것에 이끌린다. 그러므로 그대는 언제 어디서이든 나를 기억하며 그대에게 주어진 의무를 다해야 한다. 만약 끊임없이 그대의 마음과 의지가 내게로 향해 있다면, 진실로 나에게 이를 것이다.

명상(瞑想)을 통한 제어된 마음으로 요가를 수행하는 이는 지상의 성취자이며, 빛으로 인도하는 길을 따라 지고한 신성(神性)에 도달한다. 그는 전지전능한 신이며 마음의 미묘한 움직임보다도 더 미세한 세계의 주관자이다. 또한 그는 무한한 우주의 유지자로 태양처럼 빛나는 광휘를 펼치고 있다.

마야(Maya;幻像)의 어두움을 초월하여 존재하는 그가 어떤 모습으로 세상에 드러낸들 누가 그를 알 것인가? 언제나 그를 향한 명상을 하는 이는 인간이 생의 마지막 순간에 이르렀을 때 그의 존재를 떠올릴 것이다. 그렇게 되기 위해서는 요가수행의 목표가 흔들리지 않도록 성실한 태도를 유지해야한다.

흔들림 없는 마음과 신념으로써 제어된 자는 요가의 강력한 힘에 의해 그의 목적을 이룰 것이다. 그가 죽음에 이르렀을 때, 생명의 기운을 모두어 미간에 의식을 집중하면 빛의 길을 따라 지고의 신성을 향해 곧바로 나아갈 것이다.

나는 그대에게 베다(Veda)를 진실로 이해하는 성인들이 불멸의 존재라고 부르는 그 본질에 대해 간략하게 설명할 것이다. 신성에 귀의한 수행자들이 욕망의 질곡에서 벗어나 추구하는 그 경지가 그들이 원하는 목표이다.

육체를 벗고 죽음에 이른 요가수행자는 감정의 일체를 닫고, 의식은 신이 머무는 장소를 심상(心象)하며 모든 생명의 기운을 미간에 집중시켜야 한다. 성스러운 만트라(Mantra;呪文) '옴(Om;唵)'을 외우며 나를 명상할 때 그는 자신의 목표에 도달할 것이다.

끊임없는 지극한 마음으로 나를 명상함으로써 자기를 제어한 요가수행자에게 나는 언제나 가까이에 있다. 왜냐하면 그는 항상 내게 몰입되어 있기 때문이다. 나를 아는 위대한 영혼들은 최고의 완성에 이를 것이다. 그들은 더 이상 무상(無常)하고 고통이 지속되는 이 세상에 다시 태어나지 않는다. 브라흐만의 천상계를 포함하여 모든 세계는 다시 태어나는 반복의 순환에 예속되어 있다. 그러나 나에게 이르는 존재는 결코 다음 세상으로 되돌아가지 않는다.

일천 유가(Yuga)의 시간이 브라흐만의 낮이고, 밤 또한 그 시간만큼 길다. 그러나 이 우주의 장구한 시간을 짧은 기간으로 여기는 이들이야말로 진정한 현자들이다. 브라흐만의 낮은 잠들었던 모든 생명들이 깨어나 형태를 취하고, 밤은 모든 생명들이 잠 속으로 녹아들어 간다.

아르쥬나여!
브라흐만의 시간속에서 그들은 끊임없이 깨어나고 다시 잠든다. 어둠이 물러가 낮이 되돌아오면 새로운 생명체로 깃들고, 밤이 되면 새로운 죽음으로 돌아간다. 이 무상한 반복은 그들이 쌓은 행위의 결과이다. 그러나 그와 같이 나타나고 또 아직 나타나지 않은 생명의 배후에는 영원불멸의 존재가 있다. 그는 우주적 질서를 초월하여 나타남도 소멸하지도 않는 정신이다. 그에게 도달하는 길을 요가수행의 가장 위대한 성취이며, 지고의 경지라고 말할 수 있다.

모든 창조물들이 내 안에 존재하기에 내게 이르는 이는 다시 태어나지 않는다. 불멸성은 이 우주에 편재하며 그의 내면에 깃들어 있는 나를 향한 헌신을 통해서만 성취될 수 있다.

나는 그대에게 육신을 떠난 요가수행자들이 선택하는 두 가지 길을 가르쳐 줄 것이다. 아르쥬나여! 그대는 환생(還生)의 길과 다시는 되돌아오지 않은 길 중에서 어떤 길을 선택할 것인가? 불, 빛, 낮, 밝은 보름달의 길이 있다. 반년이 걸리는 태양 북쪽의 길을 선택한 요가수행자는 브라흐만의 길에 들어 되돌아오지 않는다. 그리고 연기, 밤, 그리고 어두운 그믐달의 길이 있다. 반년이 걸리는 태양 남쪽의 길을 선택한 요가수행자는 달빛을 따라 환생하게 된다.[60]

밝은 길과 어두운 길, 이 두 길은 끝없이 변화하는 이 세계에 존재해왔다. 밝은 길을 선택한 요기(Yogi)는 되돌아오지 않지만, 어두운 길을 따르는 요기는 재생의 운명에 예속된다.

---

[60] 불, 빛, 낮, 연기, 밤 등은 사후의 영혼이 경험하는 단계를 의미하며, 빛은 지혜, 연기는 무지를 상징한다. 보름달의 상징적 의미는 우파니샤드에 근거한 사상으로 신의 길(Devayana)을 뜻하며, 태양 북쪽 브라흐만(Brahman)의 길은 신들이 머무는 히말라야 산을 의미한다. 태양 남쪽의 달빛 길은 낮은 차원, 즉 윤회를 반복하는 조상의 길(Pitryana)을 상징

아르쥬나여! 이 두 길을 아는 요가수행자는 잘못된 선택을 하지 않는
다. 그러므로 그대는 항상 깨어있어 끊임없이 요가를 실천 수행해야 한
다. 베다의 경전은 학습을 통한 고행과 보시(普施)<sup>61)</sup>를 함으로써 선함을
얻을 수 있다고 규정하고 있다. 그러나 나의 가르침을 이해하는 요기는
경전에 규정된 공덕<sup>62)</sup>의 결과를 모두 초월하여 신성이 머무는 우주의
원천에 이를 것이다.'

---

61) 보시(普施) : 포시(布施)라고도 부르는 자비희사(慈悲喜捨)의 실천. 남에게 선의를 베푸는
   마음으로 인도에서는 박시시(Baksheesh)라고도 부른다. 이미 연민과 자비심을 낼 수 있도
   록 선한 의지를 기회로 돌려주었으므로 적선을 받는 이도 떳떳하다고 여긴다.

62) 공덕(功德) : 전생과 현생에서 쌓은 자신의 과업(Karma)을 공적인 희생과 봉사로 되돌려
   놓으려는 실천

# 제 9장

# 비밀(秘密)의 요가 Navamo dhyāyaḥ

그리슈나가 말하기를,

'아르쥬나여! 그대는 나를 선택하였으므로 본질에 대한 의문을 갖지 않아야 한다. 내가 그대에게 말하고 있는 지혜의 가장 깊은 비밀은 언어로는 설명되어지지 않는 것이다. 그대는 지금 단지 들어서 아는 것이 아닌 가까이에서 직접 눈으로 보고 경험하고 있는 것이다. 그것을 진정으로 받아들였을 때, 그대는 태어남과 죽음의 과정에서 일어나는 모든 업(業)으로부터 영원히 자유로울 것이다. 이 지혜는 어떤 것보다 우월하며 순수하다. 이 비밀의 정수는 신비함을 그저 눈으로 목격하는 것만이 아니라 실행하기 어렵지 않은 위대한 실천덕목이다. 그 길을 따르는 이는 영원한 진리에 이른다. 나의 이 지혜를 신뢰하지 않는 이들은 나를 찾지 못할 것이다. 그들은 운명적인 길[63]로 되돌아가서 여전히 태어남과 죽음의 굴레에 묶이게 된다.

---

63) 운명의 길 : 윤회의 길(輪回;Samsara marga). 상대적 의미로는 해탈의 길(解脫;Mmoksha marga)이 있다.

　나의 영원한 존재는 이 우주 어디에든 편재(遍在)[64]하고 있으나, 인간의 감각 세계에서는 고정된 형태로 비춰지지 않는다. 나는 모든 창조물에 존재하고 있으며, 또한 모든 창조물은 내 안에 존재한다. 그러나 이모든 창조물들이 구체성을 가지고 내 안에 존재함을 의미하지 않는다. 그것은 나의 신성함이 내재된 것으로 인간의 지각과 감각으로는 알 수없는 본질임을 그대는 반드시 이해해야 한다.

　나는 모든 창조물들이 존재하도록 유지하며 생명을 부여하지만, 구체적으로 관여하여 그들의 자율성을 변화시키지 않는다. 나는 광대한 허공에, 끊임없는 우주의 순행에 기운(Prana)[65]으로 머물러 있기 때문이다. 그러므로 살아서 움직이는 모든 창조물들은 언제나 내 안에 존재한다. 존재의 필요성을 다한 한 시기[66]에서 나는 그들이 다른 존재로 화할 씨

---

64) 편재(遍在) : 어디에나 두루 미치는

65) 기운(氣運;Prana) : 생물과 사물의 특징을 나타내는 본질적 요소, 또는 생명의 흐름

앗들을 모으고 필요의 시기에 이르면 새롭게 창조한다. 여기 영원성을 배제한 모든 것들은 허망하다. 그것은 마야(幻想)가 그들을 덮고 있기 때문이다. 하지만 존재의 주인인 나는 바로 마야의 주인이기도 하다. 끝없이 나는 이 모든 존재들을 내게서 내보낸다.

이러한 반복의 흐름은 존재하는 그들 스스로가 만든 결과에 따른 것이다. 존재에 대해 관여하지 않은 내가 어디에 또 어떤 것에 구속될 것인가? 나는 수많은 형태를 만들어내는 꿈속의 창조자인 마야(환상의 세계)를 지켜볼 뿐이다. 마야는 움직이는 것, 움직이지 않는 모든 것을 창조한다.[67] 그것이 세상을 만들고 그것이 순환하면서 탄생과 소멸이 반복되어 이루어진다.

우매한 이들은 인간의 형태를 취하고 이 마야의 세계에 존재하는 나의 본성(本性)을 보지 못하고 지나친다. 그들은 신의 환희와 은총을 전혀 알지 못한 채 누가 그들의 영혼을 창조했는지조차 모른다. 그러므로 마야의 세계에서는 그들의 희망도, 노력과 지식들 모두 허망한 것들이다. 그들이 이 마야의 세계에서 이해하는 모든 것은 당혹스러움뿐이다. 그들의 영혼은 온갖 잡다한 것들에 현혹된 채로 암담한 소용돌이 속으로 빠져들 뿐이다.

---

66) 이 기간을 인도의 시간에서는 겁(法), 유가(Yuga), 칼파(Kalapa) 등으로 부른다. 일 겁(法)은 창조의 신 브라흐만의 낮에 해당하는 시간으로, 인간계로 환산하면 43억2천만년이라는 기간을 뜻하며, 현대과학에서 주장하는 지구탄생 시기와 비슷하다.

67) 물질과 비물질을 포함한 변화의 세계이자 창조의 영역

요가를 수행함으로써 신을 닮고자 하는 이들은 영혼에 위대함이 있음을 발견한다. 그들만이 원천자이며 불멸의 존재인 나를 알게 된다. 그들은 흔들리지 않은 굳은 신념으로 내게로 귀의한다. 한계 없는 신성에 온 마음을 다해 기원하고, 올바른 법도(法道)를 따라 수행하면 나에게 이르게 된다. 끊임없이 올바른 수행의 덕목을 지키면서 성인들을 공경할 때, 그는 언제나 나와 합일되어 있다.

　　어떤 이들은 나를 신앙함으로써 모든 존재 안에 깃들어 있는 브라흐만[68]을 알게 된다. 또 어떤 이들은 무수한 얼굴로 나타나 있는 신들을 경배한다. 베다 경전들은 의례를 정하고 그 의례들은 제 경전들이 제시하고 있다. 이 모든 것들은 내게서 비롯되기에, 그 의례의 제물을 조상들의 영혼에게 바치는 것과 다름없다.

나는 인간의 고통을 치유할 약초들과 음식물, 만트람[69]들, 정화된 기(Gee)[70]이며, 나는 바로 그 제의의 제물이자 헌신의 제물을 태우는 불꽃이다. 나는 이 세상의 조상으로 이 세상에 존재들을 나타낸 아버지이며, 또한 마하데비(地母神)[71]이기도 하다. 나는 뭇 생명들이 행위한 결과물을 모두에게 다시 고르게 나눠주는 존재이다. 나는 세상의 모든 것들을 정화시키는 옴(Om;聖音)이며, 절대적인 지식이다. 나는 사마, 리그, 야주르베다의 경전[72]이며, 모든 존재들이 추구하는 길의 목적이고, 그들을 살피는 안내자이자 유지자이다.

나는 모든 존재들의 거처로서 그들의 처음자리이고 친구이며 피난처이다. 나는 파괴자이자 생명을 재분배하는 거주지이다. 나는 모든 창조

---

68) 범(梵) : 온 우주에 편재한 절대성

69) 만트람(Mantram) : 신을 초대하고 소통하는 운율이 있는 주문(呪文). 신의 이름을 반복하며 암송하고 명상의 방편으로 삼기도 하며, 요가에서는 스승이 제자에게 그 성향에 맞는 주문을 사사(私事)하기도 한다.

70) 기(Gee) : 우유를 정제한 버터로 힌두교의 제사의례과정에서 제의의 중요한 제물

71) 마하데비(Mahadevi;地母神) : 남성 신과 대비되는 위치나 배우자로 생산과 풍요를 상징하는 여성신격

72) 베다(Vedas) : 신을 찬송하는 인도의 고대경전들, 가장 오래된 리그베다는 신들을 희생의 례로 초대하기 위한 찬가들을 담고 있으며, 야쥬르베다는 희생의례의 진행과 관련된 주문(Mantra)들, 사마베다는 희생의례 진행에 필요한 음률이 있는 곡조(曲調)를 담고 있다. 조금 성격이 다른 아타르바베다는 재앙을 피하고 신께 복을 기원하는 내용을 담고 있다.

물 속에 깃들어 있는 변함없는 씨앗(Bijam;種子)이다. 나는 태양의 열기이며, 모든 불꽃의 열기 또한 나이다. 나는 불멸과 죽음이며, 뭇 생명들이 살아갈 비를 내리며, 또 멈추게 한다. 이렇듯 나는 나타나 있는 우주이며, 그 속에 깃들어 있는 본질이다.

아르쥬나여! 세가지 베다서의 가르침을 따르는 이들은 정해진 제의의 식을 실행하면서 나를 신앙한다. 감로수(Soma)[73]를 마시고 신과 영적인 소통을 함으로써 그들의 죄업(罪業)을 정화시키려 한다. 그들은 천상의 세계에 이르기를 기원하여 지복(至福)의 거처인 인드라[74]의 영역에 이르러 천상의 기쁨을 누린다.

그 기쁨은 지상의 어떤 것보다 경건하고 고요하다. 그러나 그런 의식을 통해서 그들이 즐기는 기쁨이란 그것이 지속되는 동안까지일 뿐 결국 모두 소멸되는 것이다. 그때 그들은 또다시 이 운명으로 엮인 세상으로 되돌아와야 한다. 제의의 형식을 지키면서 세 가지 베다서의 길을 따르려는 이들은 되돌아 올 수밖에 없다. 그들은 여전히 감정이라는 양식에 굶주리며 끊임없는 욕망에 빠져 있음을 깨닫지 못하기 때문이다. 그러나

---

73) 감로수(Soma) : 힌두교의 브라만 사제들이 고대 제사의식에서 신들과 교감하고 소통하기 위해 마셨던 신성한 음료. 요가생리학에서는 소우주인 인간의 육체내부에 성장과 노화에 관계된 송과선을 소마(Soma)라고 부른다. 또 다른 이름의 감로수(甘露水) 암리타(Amrita)는 인도의 우주창조 신화에서 신(Devas)들이 나눠 마셨다는 영생불사의 음료를 말한다.

74) 인드라(Indra) : 고대 힌두교의 신들 중에서 천상세계를 다스리는 전쟁의 신으로 강한면 모와 함께 나약한 성정을 가졌다. 불교에서는 제석천(帝釋天)이라고도 불린 신들의 제왕. 힌두교 후기에는 점차 브라흐마, 비쉬누, 시바 3신에게 그 권위를 내주었다.

나를 신앙하면서 흩어지지 않는 신념으로 명상하고 매순간을 내게 헌신한다면, 나는 그가 원하는 것을 내줄 것이며 그의 소유물도 상실되지 않도록 보호할 것이다.

다른 신심으로 가득 차 다른 신을 신앙하면서 그 신을 숭배하는 사람일지라도 관계없다. 그것이 비록 잘못된 길이라 할지라도 나를 진심으로 신앙하고 있는 것이다. 왜냐하면 나는 유일한 기쁨이요, 또한 모든 희생제의를 수여받는 유일자이기 때문이다. 그럼에도 불구하고 그 사람들은 지상의 생명으로 다시 되돌아올 수밖에 없다. 그들의 행위는 참다운 내 본질 속의 나를 인식하지 못하기 때문이다.

신성을 따르려는 이들은 그들이 신앙하는 신에게로 가고, 조상을 신봉하는 사람들은 조상에게로 간다. 초월적인 힘을 기원하는 이들은 그 힘의 원천으로 갈 것이지만 나를 신앙하는 이들은 내게로 온다. 진실한 마음이라면 그가 내게 어떤 것을 준다 해도 좋다. 과일, 물, 꽃, 나무 잎사귀일지라도 나는 그것을 기쁘게 받을 것이다. 그것은 나를 향한 그의 사랑이고 그의 마음을 다한 헌신이기 때문이다.

그대가 어떤 음식이든 어떠한 행위를 할지라도 그것이 내게로 향하는 선물이라면 그대는 그것이 무엇이든 남에게 내어주라. 그대 정신의 영역에서 또는 그대의 맹세하는 것이 무엇이든 모두 내 앞에 제물로 두라. 그렇게 했을 때, 그대는 그대 자신을 선과 악의 어떤 행위에서도 자유로울 것이다. 모든 것을 나에게 맡겨 두라. 만약 그대의 정신이 나와 일치된다면 그대는 현세의 생에서도 카르마(Karma)[75]에서 벗어날 것이며, 결국 내게 이르게 될 것이다.

지금 비춰지는 모든 만물은 나의 모습이다. 나는 어느 누구도 특별히 선택하여 사랑하지 않으며, 특정한 어느 누구도 미워하지 않는다. 그럼에도 불구하고 내게 귀의한 이들은 내 안에 언제나 거주하며 나 또한 수많은 모습으로 나타나고 그들 곁에 다양한 형태로 존재하고 있다. 누군가가 한 생애에서 죄의식에 빠져 있을지라도 또 다른 이웃에게 신을 섬기듯 정성으로 헌신하면서 바른 서원(誓願)[76]을 세웠다면 나는 그를 사랑할 수밖에 없다. 나는 이제껏 죄인을 한 사람도 보지 못하였으니 모든 인간은 다 신을 닮은 성스러운 존재이다. 성스러움은 그의 본질을 일깨워 늘 새롭게 함으로써 영원한 평화에 이르게 한다.

---

75) 카르마(Karma) : 업보(業報), 윤회의 순환의 원인인 과거로부터의 스스로 만든 과업(過業)

아르쥬나여!

이 사실만은 확실한 진리이니 나를 사랑하는 이는 불멸의 존재로 남는다. 만약 낮은 카스트에 속한 여인들, 바이샤와 수드라일지라도 그들이 내게로 귀의하여 피난처를 구한다면 절대적인 정신의 완성에 이를 수 있다. 하물며 성스러운 브라만, 현자들과 왕들이 어떠할지 그대에게 설명할 필요가 있을까?

그대는 덧없고 기쁨이 없는 이 세상에서 무엇을 찾고자 하는가? 그 마음의 상태로부터 벗어나 내 안에서 그대의 영원한 기쁨을 얻으라. 그대의 정신을 온전히 내게로 향해 채우고 나에게 귀의하라. 자의식을 포기하고 모든 행위는 나를 향해서 헌신하기로 엎드려 맹세하라. 한계적인 의례를 통해서가 아닌 불멸성을 위하여 나를 지고의 목표로 삼는다면, 그대는 내 존재 안으로 들어오게 될 것이다.'

---

76) 서원(誓願;Pranidha) : 무엇을 하고자 또는 무엇이 되고자 하는 자신이 설정한 목적의식 또는 목표. 종교적인 신념으로 자기 스스로가 세운 내면적 기원, 또는 사회구성원으로 대중들 앞에서 공개적으로 행하는 성스러운 맹세

# 제 10장

# 신의 영광(榮光) Daśamo dhyāyaḥ

크리쉬나가 말하기를,

'위대한 전사 아르쥬나여!

한번 더 강조하여 내 지고의 지혜를 말하려 한다. 그대가 진정으로 원한다면 나는 그대에게 그것을 가르쳐줄 것이고, 나의 설명에서 그대의 마음은 기쁨을 얻을 것이다. 신들도 위대한 현자(賢者)[77]들도 나의 시원(始原)을 알지 못한다. 신들과 현자들의 근원이 바로 나이며, 나는 유지자이다. 태어남도 시작도 없는 삼계(三界)의 주재자가 나라는 것을 그 누가 알 것인가? 만약 그대가 운명의 굴레에서 벗어난 부정함이 없는 순수한 존재가 바로 나라는 것을 인식한다면 마야(幻想)의 세계에 동요되지 않는다.

인간의 많은 본질에서 인간의 내면을 형성하는 모든 것들, 그 중에서도 이해의 범위를 확장하는 지식과 타고난 능력은 어떠한 잘못을 행할

---

77) 리쉬(Rshi) : 현자(賢者), 현인(賢人), 시인(詩人)으로 표현된다. 수행이 깊은 이들의 힘은 인간의 영역을 넘어 신들보다도 더 큰 힘과 은총을 내리기도 한다. 인도신화에서도 신들보다 더 큰 권위를 가진 리쉬들이 많이 등장하며, 힌두사원에서도 리쉬들은 신계(神界)보다도 더 높은 위치에 부조되어 있는 경우도 많다. 이는 수행을 최고의 가치로 여기는 전통적 정신문화에서, 부여된 능력을 가진 신들보다 인간의 몸으로 태어났지만 수행을 통해 획득된 힘이 더 크다는 것을 의미한다.

지라도 가려지지 않는다. 진리와 인내, 정신의 평온함, 감정의 통제, 행복과 슬픔, 탄생과 죽음, 두렵거나 두렵지 않는 것, 어떤 생명에게도 해를 끼치지 않으려는 마음이다. 그의 마음이 그의 마음이 동요됨이 없이 강한 정신력을 유지할 때, 그의 의지는 수행을 통해 베푸는 손이 될지니, 명성과 명예 그리고 악명까지도 모두 내게서 비롯된다.

그 옛날 일곱 성자들[78]도 네 가지 베다서[79]와 마지막 마누서[80]도 모두 나에게서 유래하였다. 세상의 모든 이들에게 생명을 준 최초의 존재가 바로 나이다. 모든 곳에 편재하면서 셀 수 없는 모습으로 존재하고 있

---

78) 일곱 성자들은 한국의 민담설화에 등장하는 북두칠성이나 칠성신과 닮아있다. 이들은 한 겁(劫)의 시기를 세상과 함께하면서 보호하고 유지하는 역할을 맡는다. 현 시기(時期)는 전통요가자세(Asanas)에서도 등장하는 이름인 마리치와 바쉬스타를 비롯하여 앙기라스, 아트리, 크라투, 풀라하, 풀라스티야 등 일곱의 성자들이 맡고 있다.

79) 베다경전(Vedas) : 베다서(Vedas)는 지식, 앎을 의미하며 고대 인도를 기원으로 한 신화, 종교, 철학, 사상을 망라한 성전이자 문헌들을 가리킨다. 베다경전들은 범어로 기록

는 나를 진실로 아는 이는 나의 이 위대한 요가(Maha yoga)와 함께 있다. 그것은 깨어지지 않는 진실로 의심의 여지가 없다. 나는 모든 것이 시작되는 창조의 출발점에 있다. 현자들이 고양된 정신으로 나를 신앙할 때 나의 사랑은 그들에게로 흐른다. 그들이 일념과 일심으로 몰입되어 있을 때 나만이 그 대화의 주제가 된다. 그들은 서로 기뻐하며 환희와 지복(祉福)에 들어있다.

언제나 신성(神性)을 잊지 않고 불멸성에 헌신하는 그들에게서 뿜어져 나오는 강력한 요가의 힘은 빛을 발하면서 나를 향해 인도한다. 그리하여 나의 자비와 은총으로 무지한 이들의 마음에도 나는 거주하게 된다. 나의 연민은 무지로 인한 그들의 암흑을 지혜의 밝은 빛으로 소멸시킨다.'

---

된 가장 오래된 문헌에 해당하며 또한 힌두교의 가장 오래된 성전(聖典)들을 이루고 있다. 베다문헌은 상히타, 브하흐마나, 아란냐카, 우파니샤드, 수트라 등 다섯 부문으로 분류된다. 이 중에서 리그, 사마, 야주르, 아타르바베다를 편집 또는 집성(集成)된 의미의 상히타(Samhita)로 구분한다. 이 4종의 본집서인 상히타는 베다정전이라는 의미의 투리야(Turiya)라고 부른다.

80) 마누법전은 BC 200년경에 만들어진 인도인이 지켜야 할 규범(法;Darma)을 규정한 인도 고대의 종교성전(宗敎聖典)이다. 마누(Manu)는 인도신화에서 인류의 시조(始祖)로서 일체의 법에 관한 최고의 권위로 숭앙받는 존재이다. 이 법전은 그의 계시에 의하여 성립되었다고 전해지며, 인도인들의 일상을 규제하는 종교 · 도덕 · 관습 등을 포괄하고 있다. 이 법전에서는 만물의 창조에서부터 인간이 일생을 통해 행하여야 할 각종 의례, 일상적인 행사, 조상에 대한 제사, 학문, 생명주기(生命週期)에 관한 규정을 제시하고 있다. 또한 통치자의 의무, 민법 · 형법 · 행정에 관한 내용까지도 정하고 있다. 아울러 이 경전에서는 신분계급(Caste)의 의무와 속죄의 방법 및 마지막으로 윤회(輪廻)와 업(業), 해탈에 관한 논의(論議) 등이 상세히 기술되어 있다. 이 문헌은 힌두교의 관습법을 규정하면서도 종교적 성전의 성격이 짙은 인도인들의 일상을 일정한 규칙으로 설정하고 있으며, 인류최초의 법전으로 평가되고 있다.

아르쥬나가 묻기를,

'당신은 가장 성스러운 존재이며, 지고의 안식처이고, 브라흐만입니다. 성자 나라다(Naradha)[81]가 말하기를, 당신은 편재하는 최초의 신이며 영원한 신들(Devas)의 왕이라고 선언하였습니다. 그리고 데바라, 아시타, 비야사, 모든 성인들도 당신을 찬양했습니다. 지금 당신이 내게 설명하신 이 모든 말씀이 진리임을 믿습니다. 신들 중의 신이며, 생명의 원천이 되는 모든 창조물들의 주재자여! 당신만이 가장 깊은 본질의 빛에 따라 스스로 존재하는 의미를 알고 있는데, 데바나 아수라들이 당신의 영광스런 본성을 어떻게 알까요?

언어로 표현될 수 없는 당신만이 간직한 깊은 의미를 내게 가르쳐 주십시오. 당신의 신비가 삼계(三界)에 형성되어 있음을 알고 있습니다. 나의 명상이 당신께 어떻게 전달될 수 있는지 가르쳐 주십시오. 위대한 요기(Maha yogi)여! 어떤 모습으로 당신께서 존재하고 있는지 내게 보여주십시오. 비록 지금까지 내가 잘못 보았다 할지라도 진실로 당신의 참모습을 반드시 보고 싶습니다. 그 요가의 방법을 가르쳐 주십시오. 당신이 설명해주신 요가의 위력과 나타내심은 그 어떤 것보다도 큰 감동입니다. 당신께서 설명해주시는 한마디 한마디의 말씀이 이미 내게는 영원한 감로수[82]이기에 결코 나태함이 없습니다.'

---

81) 나라다(Naradha) : 욕망 없는 행위, 신의 영광에 대한 찬가를 주제로 헌신의 요가(Bakthi yoga)를 명료하게 설명한 성자(聖者)로서 해탈은 신의 은총을 통해서만 얻을 수 있다고 강조하였다.

82) 감로수(甘露水) : 생명의 물, 영원한 불멸성의 지혜를 구하는 갈증을 해소시켜줄 생명수. 소마(Soma), 암리타(Amrita)

크리쉬나가 말하기를,

'아르쥬나여! 그대에게 지워진 숙명의 짐을 벗으려 하지마라. 그대에게 부과된 의무이기에 그 의무를 다하라. 운명, 즉 신이 예비한 장소인 이 전쟁터에서 그대는 나를 선택하였다. 이 혼란한 와중에서 그 절실함으로, 그 두려운 슬픔 속에서 진리를 알고자 내게 가르침을 청한 그대여! 나는 그대의 마음에 이입(移入)하여 찰나의 시간에 영원한 진리를 그대에게 설명하고 있다. 불행이라 여기는 이 세상에서 인간의 화신으로 나타난 영원한 불멸성을 깨달으라. 그대의 불안함이 영원으로 승화되리니…

아르쥬나여! 그대가 진실로 원한다면 이제 나의 진정한 본질에 대해서 알려줄 것이다. 그러나 나는 셀 수 없는 다양한 면모를 가지고 있기 때문에 상세한 부분은 생략하고 중요한 구현(具現)만을 말할 것이다.

나는 모든 윤회의 카르마에 예속된 존재들의 영혼에 깃들어 있는 아트만(眞我)이다. 하여 나는 시작이며, 생명이 유지되는 시간이고 모든 것의 끝이다.

나는 아디티야(Aditya)들[83] 중에서 이 세상을 유지하는 비쉬누(Vishnu), 빛으로 인도하는 신들 중에서 빛나는 태양(Surya), 마루트(Maruts)중에서 바람의 신 마리치(Marchi), 밤하늘의 별들 중에서 나는 가장 빛나는 달이다.

나는 베다서 중에서도 사마베다(Samaveda), 나는 신들의 제왕 인드라(Indra), 모든 감각기관에서의 마음(Manas), 숨 쉬는 이들 속의 살아있는 의식(Cetana)[84]이다.

나는 시바(Siva), 풍요의 신 쿠베라(Kubera), 불의 신 아그니(Agni), 가장 높은 산꼭대기 메루(Meru)[85]이다.

나는 고귀한 성자들의 지도자 브리하스파티[86], 용맹스런 전사(戰士)중에서 스칸다[87], 물웅덩이 중에서 바다이다.

나는 위대한 현자 브리구(Bhrgu)[88], 모든 소리들에서 한 음절의 성음(聖音) 옴(Om;唵), 자팜(Japam)[89]의 맹세, 움직임이 없는 것 중에서 히말라야

---

83) 아디티야(Aditya) : 천상계 신들의 무리

84) 의식(Cetana) : 생명의 기운, 정수(精髓), 사상(思想)

85) 메루(Meru) : 히말라야의 수미산

86) 브리하스파티(Brihaspati) : 브라만 사제들의 기원을 받아주는 제신(祭神)

87) 스칸다(Skanda) : 시바의 아들로 악마들을 물리친 전투의 신

88) 브리구(Bhrgu) : 인간의 조상 마누의 아들. 마누법전을 구술로 전한 위대한 현자(Maharishi)로 불리며, 인간과 신의 소통을 위한 불 제사를 제안하였다.

89) 자파(Japam) : 낮은 소리로 읊조리는 기도나 주문(呪文), 명상수행자에게는 침묵의 암송이 우월하다고 한다.

산이다. 나는 성스런 무화과나무, 신들의 현자 나라다[90], 천상의 음악가 치트라라타[91], 완전한 영혼들 중에서 카필라[92]이다.

나는 불멸의 감로수 바다에서 태어난 말 우차이쉬라바스[93], 성스러운 코끼리 아이라바타[94], 인간들 중에서 마하라자(Maharaja)[95]이다.

나는 무기 중에서 바즈라(Vajra)[96], 천상의 소 카마데누(Kamadenu)[97], 사랑의 신 카마(Kama)[98], 생식의 신 칸다르파(Kandarpa)[99], 뱀의 신 바수키(Vasuki)[100]이다.

나는 성스러운 용 아난타(Ananta)[101], 물의 정령 바루나(Varuna)[102], 인간

---

90) 나라다(Narada) : 모든 리쉬(Rishi)들 중에서 가장 수행이 깊은 성자

91) 치트라라타(Citraratha) : 천상의 간다르바들 중에서 가장 노래를 잘하는 악사(樂師)

92) 카필라(Kapila) : 인간의 몸으로 완전성을 이룬 성취자로서 달인(達人;Siddha), 또는 존자(尊者;Muni)로 불리는 상키야철학의 창시자. 바가바드기타의 형이상학적인 설명은 상키야(Samkhya) · 요가(Yoga) · 니야야(Nyaya) · 바이셰시카(Vaisheshika) · 미맘사(Mimamsa) · 베단타(Vedanta) 등, 인도 6파 철학의 한 유파인 상키야철학이 제시하는 이원론과 유사하다.

93) 우차이쉬라바스(Uccaihshravas) : 인도 창조신화에서 신들과 아수라들이 함께 불멸의 감로(甘露)인 암리타(Amrita) 얻으러 우유바다를 휘저었다. 그때 우유바다에서 튀어나온 열네 가지 중 하나로 신들의 제왕 인드라가 타는 천마(天馬)

94) 아이라바타(Airavata) : 인도 창조신화 우유바다 휘젓기에서 튀어나온 성물들 중 인드라신이 타고 다니는 4개의 상아를 가진 백색의 성스런 코끼리

95) 마하라자(Maharaja) ; 위대한 왕

96) 바즈라(Vajra) : 인드라신의 무기로 벼락을 내리는 금강저(金剛杵)

97) 카마데누(Kamadenu) : 여의우(如意牛). 모든 소원을 이루어 준다는 신들의 암소, 인도신화의 천지창조 때 가장 먼저 우유바다에서 튀어나온 백색의 신성한 암소

98) 카마(Kama) : 형체가 없는 사랑의 신

99) 칸다르파(Kandarpa) : 생식(生殖)을 담당하는 신

100) 바수키(Vasuki) : 뱀들의 신, 창조신화 우유바다 휘젓기에서 신들과 아수라들이 바수키를 밧줄로 삼아 메루산을 감아 돌리는 역할을 함

들의 조상 아리야만(Ariyaman)[103], 모든 행위의 결과를 재분배하는 야마(Yama)[104]이다.

나는 거인 프라흐라다(Prahlada)[105], 척도를 재는 것 중에서 시간, 야수들 중에서 사자, 하늘을 나는 새들 중에서 비쉬누의 가루다(Garuda)[106]이다.

나는 모든 것을 정화하는 바람(Vayu)[107], 전사들 중에서 라마(Rama)[108], 물속의 맹수 악어(Makara), 강(江)들 중에서 강가(Ganga)[109]이다.

나는 새 생명의 첫 숨결이고 성장이며 마침이다.

나는 밝음(Vidya)으로 인도하는 영적인 지혜, 깨달음을 구하는 이들에게

---

101) 아난타(Ananta) : 비쉬누신이 누워 잠자는 신성한 뱀, 또는 용(龍)으로 영겁의 시간을 상징한다.

102) 바루나(Varuna) : 물의 신

103) 아리야만(Ariyaman) : 태양을 상징하는 인도 고대종족의 조상신

104) 야마(Yama) : 범어(梵語)로 제지 또는 저지자(沮止者)란 의미의 죽음의 신이지만, 시간을 지배하는 존재이며 수행자들의 스승으로 알려진 신

105) 프라흐라다(Prahlada) : 아수라(Asura) 거인족인 부친 히란야가쉬푸(Hiranyakashipu)왕의 모진 학대와 살해시도에도 비쉬누를 신앙하며 살아난 왕자. 데바(Devas)들과의 싸움에서 패하여 지상으로 내쫓긴 거인족의 왕이 엄청난 고행을 통해 브라흐마 신의 은총을 받았다. 그에게 수여된 은총은, 자궁에서 태어난 누구에게도 살해 될 수 없으며, 낮이나 밤에도, 안이나 밖에서도 땅이나 물, 하늘에서도 신이나 인간의 무기로도 살해되지 않는다는 것이었다. 무소불위의 그에 의해 온 세상이 혼란해지고 교만해진 그는 아들의 비쉬누에 대한 절대적 신념을 비웃었다. 해질 무렵, 갑자기 사자(獅子)의 얼굴을 한 비쉬누(Narasingha)가 벽에서 튀어나와 대문문턱에 걸터앉아 그의 복부를 손톱으로 찢어 살해했다. 브라흐마의 은총을 모두 비껴간 죽음이었고, 비쉬누의 귀의자인 그의 아들 프라흐라다는 왕이 되었다.

106) 가루다(Garuda) : 비쉬누가 타고 다니는 얼굴은 새이고 몸은 사람의 형태를 지닌 반인반수의 금시조(金翅鳥). 영겁을 넘어 다른 세상이 펼쳐져도 언제나 다시 태어나 비쉬누를 모시는 불사조(不死鳥)

107) 바람(Vayu) : 사슴을 타고 다니는 바람의 신

108) 라마(Rama) : 인도의 대서사시 마하바라타와 쌍벽을 이루는 라마야나(Ramayana)에서의 주

---

198

전해지는 진실한 언어(Vadah)이다.

나는 성음(聖音) 옴(Om;唵)의 첫 음절이자 병렬합성 글자[110]이다.

나는 끝이 없는 시간의 유지자로 내 모습은 어디에나 존재한다.

나는 모든 것을 소멸하는 죽음이자 다시 태어날 모든 것들의 원천(源泉)이다.

나는 영광, 은총, 아름다운 언어, 기억, 지성, 정절이며, 끝없이 인내하는 존재이다.[111]


나는 신의 찬가(讚歌)중의 브리하트사마(Brihat sama)[112]이고, 챤다스(Candas)[113]중에서 가야트리(Gayatri)[114], 달(月)중에서 마르가 쉬르샤(Marga shrsha)[115], 계절중에서는 꽃들의 기간이다.[116]

---

인공. 라마는 비쉬누의 7번째 화신으로 세상을 어지럽히는 악마 라바나를 퇴치하기 위해 아요디아 왕국의 왕자로 태어나 숱한 고난과 역경을 넘는다. 본 내용을 요약하면, 실론섬으로 납치된 약혼자 시타를 구하기 위해 동생 락쉬만과 원신(猿神) 하누만이 이끄는 원숭이군대와 함께 실론섬에 있는 악마왕 라바나를 죽이고 시타를 구출한다는 영웅담이다.

109) 강가(Ganga) : 갠지스강의 옛 이름. 모신(母神) 강가의 젖줄이자, 자궁과 같은 강으로 믿는 인도인들이 현생의 죄업(罪業)을 씻기 위해 죽기전에 찾아와 목욕재개 하는 신성한 강

110) 옴(Om;唵) : 창조, 유지, 소멸 그리고 침묵의 시간까지를 상징하는 성음(聖音)인 아(A), 우(U), 옴(Om) 세 음절로 이루어졌다. 범어(梵語;Sanskrit)의 첫 글자는 '아(A)'를 뜻하며, 병렬합성어는 모든 만물이 동등한 자격으로 결합한다는 의미를 내포하고 있는 단어들로 선악(善惡), 미추(美醜), 부부(夫婦), 남녀(男女) 등을 말한다.

111) 영광(Kirti), 은총(Sri), 아름다운 언어(Vac), 기억(Smrti), 지성(Medha), 정절(Dhrti), 인내(Ksama)

112) 브리하트 사마(Brihat Sama) : 신을 예찬하는 사마베다의 찬가중에서 가장 아름다운 운율의 찬가. 지평선을 지나는 태양의 움직임을 신의 은총으로 표현하여 찬미한 음률

113) 챤다스(Candas) : 신에게 바치는 찬양, 찬가들

나는 간사한 자들의 도박이고, 강자들의 강한 힘, 승리의 결심, 선인(仙人;Rishi)들 중에서도 가장 순결한 존재이다.

나는 브리쉬니스(Brishnis)[117]의 크리쉬나(Krishna)[118]이고, 판다바스(Pandavas)[119]의 아르쥬나(Arjuna), 대성자(大聖者)들 중에서 비야사(Vyasha), 빛나는 시인들 중에서 우샤나(Ushana)[120]이다.

나는 세상의 지배자들 중에서 권력이고, 명예, 정복자들의 정책이다.

나는 감춰진 사물의 비밀스런 침묵이자 나를 아는 이들의 지혜이다.

---

114) 가야트리 만트라 (Gayatri mantra) : 창조의 신 브라흐마(Brahma)의 배우자 가야트리 여신(女神)의 자비심을 소리로 나타낸 은총의 만트라. 가야트리 만트라는 기원전 약 1500~1800년경의 리그베다(Rig Veda)에 처음 등장한 신의찬가이다. 우파니샤드에서는 중요한 예배의식으로 이 만트라의 암송을 권유하며, 바가바드기타에서도 크리쉬나 신에 의해 최상의 만트라로 언급된다. 이 만트라는 위험과 불행에서 벗어나기 위한 모신(母神)의 은총을 받으려는 기원(祈願)을 담고 있다. 또한 영적으로 깊은 경지에 도달하고자 하는 수행자나, 일반인들도 행복한 삶을 위한 신의화신(化身)이라고 믿으며 가야트리 만트라 (Gayatri mantra)를 암송한다.

115) 마르가 쉬르샤(Marga shrsha) : 되돌아오는 길. 힌두전통 월력의 한 주기로 11월부터 1월을 포함한다.

116) 인도에서는 양력 12월과 1월이 추수의 계절(Marga shrsha)이기 때문에 사람들은 그때를 가장 즐거운 시기로 본다. 이 시기는 꽃이 만발하는 봄으로 덥지도 춥지도 않아 인도의 모든 사람이 즐기는 전통 봄맞이 '홀리축제' 가 열린다.

117) 브리쉬니스(Brishnis) : 마하바라타에 등장하는 크리쉬나 신이 인간의 몸으로 태어난 부족 브리쉬니스 야두족의 약칭

118) 크리쉬나(Krishna) : 세상의 유지를 담당하는 비쉬누의 8번째 화신(化身;Avatara). 바가바드기타에서 아르쥬나에게 불멸의 요가를 가르친다.

119) 판다바스(Pandavas) : 마하바라타에서 바라타제국 판두왕의 아들이자 신의 은총을 받은 다섯 형제들을 판다바스라 부르며, 이들 중 셋째 아르쥬나가 바가바드기타의 주인공이다.

120) 우샤나(Ushana) : 귀신을 지배하며 죽은 자도 살려냈다는 전설의 성자이자 시인(詩人;Rishi)

나는 모든 생명의 비잠(Bijam)[121]이기에 생명이 있거나 없는 것일지라도 나를 통하지 않고는 이 세상에 존재할 수 없다.

이처럼 나의 성스러운 나타남은 무한하며, 그렇게 구현(具現)된 모습은 셀 수 없다. 적을 섬멸하는 아르쥬나여! 내가 그대에게 설명한 것처럼 이 모든 것은 한계 없이 무수한 또 다른 내 형태의 일부에 불과하다.[122]

---

121) 비잠(Bijam) : 씨앗, 종자(種子)
122) 10장에서 말하는 크리쉬나의 본질은 최고, 자신이 최상의 존재의 화현(化現)임을 말하고 있다. 중의적이고 비유적인 이 말들은 삼계의 모든 존재 즉, 색계, 비색계, 물질, 비물

이 세상에서 아무리 강한 것도, 아무리 아름다운 것도, 아무리 영광스런 것일지라도 그 모든 것은 나의 권능과 영광의 단편에 불과함을 그대는 알아야 한다.

아르쥬나여!

그대가 무엇 때문에 이 거대한 다양성을 알아야 할 필요가 있는가? 오직 내 존재의 의미를 알아차리면 된다. 나 자신의 유일한 원자(Ekamshena)[123]가 이 우주를 유지하고 있다는 사실만을 기억하라.'

---

질, 천상과 지상 그리고 영적인 세계까지 통합하는 존재로 편재함을 의미한다. 따라서 상세한 존재까지 망라하지 않고 그 속성을 대표하는 이름들을 나열하고 있다. 전생을 기억하지 못하고 현생을 살아가는 존재인 아르쥬나에게는 현 세상을 이해하는 지식이 된다.

123) 원자(原子;Ekamshena) : 무수하게 나뉜 조각. 편린(片鱗)들

# 제 11장

# 만유(萬有)의 현현(顯現) Ekādaśo dhyāyaḥ

아르쥬나가 말하기를,

'당신께서 은총을 베푸셔서 내게 아트만(眞我)에 관한 진리를 가르쳐 주셨습니다. 당신의 말씀은 신비하고 숭고해서 내안의 무지를 소멸시켰습니다.

크리쉬나여!

연꽃 같은 당신의 눈 속에서 창조의 근원과 소멸의 비밀을 보았고, 당신의 입에서 위대한 불멸성을 들었습니다.

아 위대한 신성(神性)이여!

당신이 말씀하시는 그대로 실재하신다면, 나의 불신을 거둬갈 수 있도록 당신께서 성스런 모습으로 현현(顯現)하심을 소망합니다. 만약 당신이 제게 그 모습을 보여줄 필요가 있다고 생각하신다면 제게 요가의 주재자로서 불멸의 아트만을 현시(顯示)해 주십시오.'

지고한 존자 크리쉬나가 말하기를,

'좋다! 바라타의 왕자여. 내 수백 수천의 다양한 색과 모습들을 보라. 아디탸스(Adityas), 바수스(Vasus), 루드라스(Rudras), 아슈윈스(Ashvins) 그리고 마루트스(Maruts)를 보라.[124] 어떤 인간도 이전에 보지 못했던 신비함을 보라.

나태함을 극복[125]한 아르쥬나여!

그대는 지금 여기에서 나의 내부에 깃들어 있는 생명과 무생물을 포함한 모든 사물들이 일체화된 우주를 볼 것이다. 그대가 원하는 것이 무엇이든 보게 될 것이다. 그러나 인간의 눈으로는 나를 볼 수 없다. 이제

---

124) 아디탸스(Adityas) : 열두명의 태양신들. 바수스(Vasus) : 여덟명의 천신(天神)들. 루드라스 (Rudras) : 열한명의 산악(山岳)신들. 아슈윈스(Ashvins) : 두 명의 쌍둥이 의신(醫神)들. 마루트스(Maruts) : 마흔 여덟 바람신(風神)들의 무리를 통틀어 말하고 있다.

125) 아르쥬나는 요가적 고행, 즉 요가수행을 통하여 평생 동안 잠을 자지 않았다고 함

그대에게 성스러운 시력을 수여하 니 내 안에 존재하는 위대한 요가 (Maha yoga)를 보라.'

산자야가 말하기를,

"오! 왕[126]이여! 모든 요기(Yogi)의 주재자[127]인 위대한 하리(Hari)[128] 께서 이와 같이 말씀하시고, 아르 쥬나에게 지고의 존엄하신 모습 을 나타내 보여주었습니다. 무수(無 數)한 입으로 말하고, 무수한 눈으 로 신비한 광경들을 보며, 셀 수 없 는 성스러운 장식물을 두른 채 천상의 온갖 무기들을 휘두릅니다. 천상 의 무수한 옷을 입고 천상의 화환을 둘러 향기 가득한 충만함으로 어느 방향에서도 보이도록 찬연하게 빛납니다. 마치 일천 개의 태양이 일제히 떠올라 있는 듯 불멸의 영광을 현시(顯示)한 신의 자태입니다.

---

126) 천리통을 가진 산자야의 말을 듣고 있는 눈먼 드리타라스트라 왕

127) 요가는 인간이 성취한 불멸성이 아니라 스승의 가르침을 통해 전수된 비의(秘意)적인 수행으로 볼 때, 최초의 스승은 신이다. 왜냐하면 요가는 신의 경지(境至)에 이르는 길 이기 때문이며, 스승들은 크게 두파로 갈려진다. 실천수행의 길을 제시하고 있는 시바 (Siva)와, 이론과 신앙의 길을 제시한 비쉬누를 따르는 유파(流波)가 있다. 바가바드기타 에서는 요가의 이론적 배경을 설명하고 있는 비쉬누의 화신 크리쉬나를 모든 요가수 행자의 스승으로 묘사하고 있다.

128) 하리(Hari) : 비쉬누(Vishnu)의 이명(異名). 아울러 시바(Siva)는 하라(Hara)라는 다른 이름으로 도 불린다.

205

그때, 아르쥬나는 그처럼 무수히 분화된 다양한 모습의 우주와 셀 수 조차 없는 신들의 모습이 절대적 존재에 합일되어 서 있음을 우러러 보고 있습니다. 아르쥬나는 이 놀랍고도 신비한 경이에 압도된 채 머리를 숙이고 경건하게 합장하며 말하고 있습니다."

아르쥬나가 말하기를,

'아! 나의 신이여! 당신 안에 깃들어 있는 모든 신들과 그 범위에 있는 각각의 창조물들을 보고 있습니다. 연꽃 위에 앉아있는 브라흐마[129]와

---

129) 힌두신화에서는 네 번의 유가, 즉, 다른 시기의 새로운 세상을 말하고 있다. 힌두신화에

모든 성자들(Rishis), 천상의 뱀들[130], 한계 없는 우주 자체인 당신의 모습을 보고 있습니다. 사방으로 향한 무수한 얼굴과 눈과 입, 그리고 팔들을 지닌 당신의 한계 없는 모습을 보고 있습니다. 그러나 나는 끝과 중간과 처음을 볼 수 없습니다.

일체의 주재자, 무한의 모습의 비쉬와루파(Vishvarupa)[131]로 드러내신 이여! 관을 쓴 채 사방으로 곤봉과 원반을 휘두르는 당신의 빛나는 영광에 떨리고 움츠려듭니다. 태양처럼 빛나고 끝없이 타오르는 불처럼, 인간의 상상을 초월한 가늠할 수 없는 지고의 존재임을 보고 있습니다. 이

서 세 모습의 형상(Trimurti)으로 불리는 주신(主神)들, 창조의 신 브라흐마, 유지의 신 비쉬누, 재생을 위한 파괴의 신 시바의 역할이 각각 다르게 설명된다. 브라흐마(Brahma)는 새로운 세상이 열릴 때 잠들어 있는 비쉬누의 배꼽으로부터 연꽃위에 앉아있는 모습으로 등장하여 세상만물을 창조하는 역할을 담당한다.

130) 천상의 뱀 바수(Vasu)들은 힌두신화에 자주 등장하고 있다. 특히 비쉬누와 관련이 많으며, 그들은 세상을 유지하는 시간을 상징한다. 그 뱀들을 통솔하는 의미로 비쉬누는 뱀들을 다스리는 신 바수데바라고도 불린다. 고전 대서사시 마하바라타에서도 바수들은 비쉬누와 아르쥬나에게 적대적인 관계로 등장한다. 이들은 원래 창조신 브라흐마의 아들인 카시아파로부터 나온 뱀족으로 '벌거벗은 자'란 의미의 나가(Naga)로도 불린다. 이들 중 첫째가 고행을 통해 할아버지 브라흐마의 은총을 받아 불멸의 존재가 되었다. 힌두신화를 묘사한 그림들중에서 유지의 신 비쉬누가 누워 잠들어 있는 침대역할의 뱀이 우주적 시간을 상징하는 아난타(Ananta), 또는 세샤(Shesha)이다. 둘째는 창조신화에서 신들과 아수라들이 우유바다를 젓기 위해 메루산에 밧줄삼아 감아서 붙잡고 돌리던 뱀이 바수키(Vasuki)이며, 그가 고통스러워 뿜어낸 독이 세상을 위협하자 시바신이 삼켜 목에 저장하여 파란색의 얼굴이 되었다. 시바신을 나타내는 그림에 목에 두르고 있는 뱀이 그 바수키다. 셋째는 탁샤카(Takshaka)로 마하바라타에서 자신의 종족을 말살한 크리쉬나와 아르쥬나에게 복수심을 품고 적인 카우라바스 편에서 대적한다.

131) 비쉬와루파(Vishvarupa) : 비쉬와(Vishva)는 모든 방향, 루파(Rupa)는 모습을 의미하며, 모든 만물의 형태를 한 몸에 지닌 채 드러낸 일체상(一切像), 또는 만신상(萬神像)

세상의 굳건한 토대와 피난처인 당신에게 깃든 불멸의 정신(Purusha)[132]은 결코 부서지지 않을 것입니다. 영원한 진리의 수호자인 당신의 불멸성은 영원토록 소멸하지 않을 것입니다.

132) 불멸의 정신(Purusha) : 바가바드기타에서는 다양한 이름으로 불멸성을 표현하고 있으나, 주로 우주에 편재한 절대성을 브라흐만으로, 인간의 육체에 내재된 진아를 아트만으로 표현하였다. 또한 이 양자를 동일한 의미로 설명하면서도 상키야철학의 단일한 우주적 정신 푸루샤를 언급하고 있는 것으로 보아 후기의 사상적 표현이 혼용되고 있음을 알 수 있다.

태어남도 사라짐도 없는 당신의 파괴적인 모습은 무한한 전사들의 힘을 모은 거대한 위력을 지니고 달과 태양의 눈으로 세상을 불태우고 있습니다. 그리하여 온 사방을 다시금 가득 채우고 하늘과 대지를 갈라놓습니다. 삼계(三界)를 뒤흔드는 당신의 장엄한 모습에 온 우주가 전율하며 경건함 속으로 침잠시킵니다.

신들(Devas)의 무리가 두려움과 경이로움에 손을 모은 채 당신 안으로 들어갑니다. 리쉬스(Rishs)[133]와 싯다스(Siddhas)[134]가 스와스티(Swasthi)[135]를 외치면서 당신을 경배하는 찬가를 소리 높여 부릅니다. 아디탸스, 루드라스, 비쉬바스, 아슈반스, 마루트스, 바수스, 우쉬마파스, 간다르바스, 야샤스, 아수라스, 성취를 얻은 무리[136] 등 모두가 당신을 경이감(驚異感)으로 바라봅니다. 실로 장엄한 당신의 모습은 더 할 수 없는 세상의 온갖 물상들이 무수한 입, 눈, 발, 배, 허벅지에 가득한 광경입니다.

---

133) 리쉬스(Rishs) : 현자(賢者), 현인(賢人), 시인(詩人)들

134) 싯다스(Siddhas) : 각자(覺者), 달인(達人), 성취자(成就者)들

135) 스와스티(Swasthi) : 길상(吉祥), 평화, 행운, 행복, 은총(恩寵), 상서(祥瑞)로움, 신의 가호(加護)

136) 비슈와데바스(Vishvadevas) : 일체신(&#4467;切神)들. 우쉬마파스(Ushmapas) : 조상신(祖上神)들. 야샤스(Yakshas) : 야차(夜叉)들. 간다르바스(Gandarvas) : 천상의 악사(樂士)들, 아수라스(Asuras) : 신들(Suras)의 상대적 존재 악마(惡魔)들로 묘사됨

아! 온 우주의 주재자여!

마치 날카로운 독니를 보는 듯 두려움에 전율하며 저를 비롯하여 이 모든 세계의 생명들이 두려움으로 떨고 있습니다. 오색 창연한 무지개 색깔을 하늘에 펼친 듯 활짝 벌린 입과 당신의 불타는 눈을 바라보니 나의 평화는 흩어지고 가슴은 두려움으로 아득합니다. 무시무시한 송곳니를 하고 입을 악물고 있는 당신은 어둠이 가득한 날, 아침의 불꽃처럼 타올라 온 사방이 혼돈에 빠져 있습니다.

아! 신들의 주재자여!

방향을 잃은 채 헤매는 이들의 피난처인 당신께서 부디 자비를 베풀어 주십시오. 저 드리타라스트라의 아들들, 저들의 편에 선 많은 왕국의 왕들, 비슈마, 드로나, 카르나의 자손들이 그곳으로 들어가고, 우리의 전사들 또한 딱 벌린 당신의 무서운 입속으로 빠르게 빨려 들어가 잘린 머리통들이 어금니 사이에 뒹굴고 있는 것을 봅니다. 수많은 강의 물줄기들이 대양을 향해 세차게 흐르듯, 저 인간세계의 영웅들이 당신의 입 안으로 빨려 들어갑니다. 무수한 나방들이 불꽃에 뛰어들어 자멸하듯이, 전사들도 당신의 입으로 빠져들어 스러집니다.

불타오르는 당신의 혀가 온 세상을 훑어버리는 듯합니다. 아! 비쉬누여! 견딜 수 없이 찬란한 당신의 광휘 앞에 하늘의 높이를 도무지 알 길 없습니다. 이처럼 두려운 모습을 한 당신은 누구이며, 어디서부터 비롯된 존재인지를 말해주십시오. 아! 신들의 으뜸인 당신의 이 영광스럽고 장엄한 모습에 경배합니다. 위대하신 신이여! 당신 안에 숨겨져 있는 길

들에서 내가 나아가 머물 곳이 어디인지 알려주십시오.'

크리쉬나가 말하기를,

'나는 인간이 낭비하는 시간 속에 존재하며, 또한 그들의 파멸이 무르익은 그 시간을 준비한다. 그대에게 보여준 이 모든 존재들은 마땅히 돌아가야 하며, 어떤 경우라 하여도 죽음을 피할 길 없이 그대의 손에 놓여 있다. 그러므로 최선을 다해 싸우라. 왕국의 영광과 명예를 찾으라. 최고의 활솜씨를 가진 아르쥬나여! 그대는 일어서서 싸우라. 그대가 본 것처럼 그들은 이미 내가 되돌린 존재들이다.

그대는 다만 비슈마, 드로나, 카르나, 자야드라타 등 운명의 굴레에 놓인 전사들, 곧 죽을 이들을 죽이는 것이다. 두려움 없이 싸우라. 적은 그대에게 정복당할 운명에 놓여 있을 뿐이다.'

산자야가 말하기를,

"크리쉬나의 말을 들은 아르쥬나는 두 손을 모아 합장하고 엎드려 떨며 경배하고 있습니다. 그가 엎드린 채로 크리쉬나에게 다시 목 메인 소리로 간청합니다."

아르쥬나가 묻기를,

'크리쉬나여! 온 세상이 당신의 명예를 존중하고 찬양하면서 기뻐할 일입니다. 지금 당신의 눈 앞에서 악들이 사방으로 흩어져 달아나고 성자들이 경배합니다. 가장 강한이시여! 실제로 그들이 어떻게 복종하지 않겠습니까?

당신은 세상의 안식처요, 모든 만물의 근본으로 창조주 브라흐만이며 무한의 불멸성입니다. 신들(Devas)의 최고인 당신은 존재이자 비존재이며, 이 모든 것을 초월한 언어로 표현할 수 없는 또 다른 그 무엇입니다. 당신은 최초의 신이며, 천상의 주, 절대자, 태고의 정신입니다. 당신 안에서 이 세상의 존재들이 평안을 얻습니다. 당신은 우리가 알고 있는 모습 이외에 모든 인간들이 원하는 불멸의 진리를 알고 계십니다. 당신은 끝없는 변화 그 자체이며, 끊임없이 생명을 창조합니다. 당신은 바유(Vayu), 야마(Yama), 아그니(Agni), 바루나(Varuna), 소마(Soma), 프라자파티(Prajapathi)[137]이며, 이 세상의 모든 아버지의 아버지이신 당신께 경배합니다. 천 번 만 번 경배하고 또 경배합니다.

---

137) 바유(Vayu) : 바람의 신, 야마(Yama) : 죽음의 신, 아그니(Agni) : 불의 신, 바루나(Varuna) : 물의 신, 소마(Soma) : 달의 신, 프라자파티(Prajapathi) : 뭇 생명들의 최초의 아버지

신이여! 우리는 당신의 모든 것을 어느 장소에서든지 경배합니다. 당신은 무한한 힘과 헤아릴 수 없는 영광을 지닌 분입니다. 우리가 당신을 찾기 전부터 당신은 어디에든 편재한 모든 존재 그 자체입니다.

나는 그동안 당신을 크리쉬나여! 나의 친구여! 라고 불렀습니다. 불멸의 신을 세상의 친구로 생각한 것은 당신의 위대함을 알지 못한 채 인간적인 애정을 가진 까닭입니다. 우리가 축제를 함께 할 때처럼 사람들과 어울려 농담하고, 걷거나 쉴 때에도 다정하게 지냈으며, 심지어 함께 누워 뒹굴기도 했습니다. 불멸의 존재여! 제 지난날의 말과 행동이 무례했는지요? 우매하여 저지른 제 행동을 용서해 주십시오.

이 세상의 움직이지 않은 것까지 창조하신 비할 바 없는 힘을 가진 이시여! 당신만이 유일한 신앙의 대상이고 당신만이 지고자입니다. 삼계(三界)에서 어느 누가 있어 당신과 같은 능력을 가졌을까요? 나는 엎드려 경배하며 당신의 은혜를 구합니다. 신이여! 친구의 허물을 용서하듯 지금 저를 용서해주십시오. 아버지가 아들의 과오를 나무라지 않듯, 저를 가장 친애하며 사랑해주신 당신께서 인간인 저를 용서해주십시오.

어떤 이가 있어 지금 제 앞에 펼쳐진 이 경이로운 광경을 보았겠습니까? 저의 기쁨은 헤아릴 수 없이 깊으면서도 두려움 또한 그만큼이나 큽니다. 그러니 신이여! 당신의 본신(本身)[138]을 볼 수 있는 영광을 베풀어주십시오. 모든 것을 초월하여 한없는 모습을 지닌 존재여! 제가 알고 있는 왕관을 쓰고 네 개의 팔, 곤봉과 원반을 손에 든 유지자로서의 당신의 본 모습을 보고 싶습니다.'

크리쉬나가 대답하기를,
'아르쥬나여! 내가 그대를 사랑하기에 그대에게 내 본신(本身)을 볼 수 있는 눈을 허락할 것이다. 보라! 이 모습은 세상에 널리 알려져 있는 근본적이고 지고한 나의 형상이다. 그대 이외에는 누구도 요가의 위력으로 드러난 내 모습을 본적이 없다.

---

138) 본신(本身) : 비쉬누의 본 모습, 힌두신화에서는 고깔모자 같은 왕관을 쓴 채 목에 긴 화환을 걸치고, 네 개의 팔에 각각 원반과 소라 고둥나팔, 연꽃과 쇠뭉둥이 곤봉을 들고 있는 모습으로 표현됨

판두족의 전사 아르쥬나여!

희생공양, 베다의 학습, 엄격한 고행, 보시 행, 그 어떤 의례를 행한다 할지라도 인간세상에서는 그대 아닌 누구도 내 본신(本身)의 모습을 보지 못했다. 그대가 나를 진심으로 공경한다면 더 이상 두려워할 필요가 없고 당황할 필요 또한 없다. 그저 기뻐하고 용기를 가지라. 보라! 이제 그대가 처음 대하던 그대로의 모습으로 나는 여기에 있다.'

산자야가 말하기를,

"크리쉬나는 아르쥬나에게 이렇게 말하며 본래의 모습으로 돌아왔습니다. 위대한 신께서 다시 온화하고 기쁨을 주는 모습을 취하여, 여전히

그 장엄한 현신(現身)의 공포에서 벗어나지 못한 아르쥬나에게 평화를 주었습니다."

아르쥬나가 말하기를,

'크리쉬나여! 지금 나는 다시금 인간의 모습을 취하신 당신의 모습에 기뻐하며, 저 또한 정신을 차리고 본래의 상태로 되돌아 왔습니다.'

크리쉬나가 말하기를,

'그대가 보았던 나의 현현(顯現)은 누구도 볼 수 없다. 신들(Devas)도 늘 모든 것을 아우르는 세계의 주재자인 나를 보고자 갈망한다. 베다, 고행, 보시, 제사를 행할지라도 그대가 보았던 그와 같은 모습으로 현시(顯示)한 나를 볼 수 없다. 그러나 오직 한 마음으로 전심전력하여 헌신한다면 그와 같은 모습의 나를 알 수 있고 볼 수 있다. 적에 맞서 물러섬이 없는 용기를 가진 이는 내 안으로 들어올 수 있다. 나를 위해서만 헌신하는 이는 나를 그의 유일한 목표로 삼아 내게 귀의함으로써 헛된 집착으로부터 벗어난다. 어떤 대상에도 증오심을 갖지 않는 이는 내 안으로 들어올 수 있다.'

# 제 12장

## 헌신(獻身)의 요가 Dvādaśo dhyāyaḥ

아르쥬나가 묻기를,

'어떤 이들은 당신께 끊임없는 사랑으로 헌신(獻身)하고 있습니다. 또 다른 이들은 당신의 드러나지 않고 변화하지 않는 존재인 신으로 숭배하기도 합니다. 어떤 귀의자(歸依者)[139]가 요가를 더욱 잘 이해하고 있습니까?'

크리쉬나가 대답하기를,

'나에게 마음을 몰입하여 끊임없는 사랑으로 헌신하는 이들은 절대

---

139) 귀의자(歸依者) : 인간의 욕망인 부귀영화로부터 벗어나 지고한 자유를 위해 절대성에 헌신하는 자(者)

적인 신념을 가지고 나에게 귀의한 이들이다. 나는 그들이 요가를 보다 더 잘 이해하고 있다고 생각한다.

나타남도 없는, 무한한 무변자로서의 신을 숭배하는 이들은, 사고의 한계를 넘어 온 우주에 편재하며 움직임이 없는 영원한 존재로서 숭배하고 있다. 감정을 통제하여 평온한 마음으로 모든 생명들에게서 아트만을 인식하고, 타인의 행복에 대해 헌신한다면 그들 또한 내게로 귀의한 이들이다. 그러나 나타나지 않은 존재를 숭배하는 이들은 더욱 더 어려운 과제를 가지고 있다. 왜냐하면 나타나지 않은 존재[140]를 구체화된 영혼들[141]이 인식하기 매우 어렵기 때문이다.

모든 행위가 나에게 향해진 제의(祭儀)이고, 가장 사랑하는 기쁨으로 두려움 없이 헌신하며 오직 내게로 귀의한 이에게 나는 가까이 서 있다. 나에게 몰입하여 나를 사랑하는 이들에게 인생길에서 죽음의 바다에 빠지지 않도록 윤회의 숙명적인 슬픔에서 구해줄 것이다. 그대의 정신을 오직 나에게 몰입하여 내 안에 머물게 한다면, 틀림없이 그대는 현세이든 내세이든 내 안에서 함께 있게 될 것이다. 만약 그대가 내 안에 들지 못한다 해도 계속적인 집중을 통해서 나에게 도달하도록 노력해야 한다. 마음을 집중하기가 어렵다면 나를 기쁘게 할 의무에 그대 자신을 헌신하라. 나를 위한 행위를 통해서 그대는 완전성을 성취하게 될 것이기

---

140) 나타나지 않는 존재는 인간의 나약함이 만들어낸 환상과도 같은 미신(迷神)을 의미하거나, 브라흐만과 같은 추상적 절대성을 의미하기도 한다.
141) 육체를 가진 인간들

때문이다. 또한 만약 그대가 이 일조차도 할 수 없을 때는, 그대 자신 전부를 나에게 헌신하라. 그대 마음에 있는 욕망을 버리고 모든 행위의 결과를 기대하지 말라.

인식력을 높이는 집중은 의례나 기도를 습관적으로 반복하는 것보다 더 좋다. 신에게 몰입하는 것은 집중한 것보다 더 좋다. 그러나 모든 것을 포기하는 것은 정신적 단절이 아닌 희망의 이어짐이다. 모든 존재에 대해 증오심이 없이 호의와 자비심을 갖고 대하며 '나'와 '나의 것'이라는 환상에서 그대 자신을 해방시켜야 한다. 그대는 기쁨과 고통을 동일한 평정심으로 받아들여야 한다.

항상 만족하며 자신을 제어하는 요가수행자는 명상을 통해서 끊임없이 나와 합일해야 한다. 그와 같은 결심이 부서지지 않도록 지성과 마음을 다하여 나에게 헌신하는 귀의자야말로 나의 사랑을 얻는 존재이다. 뭇 생명을 괴롭게 하지 않고 자신을 세상의 혼돈에 빠뜨리지 않으며, 기쁨, 시기, 근심, 공포로부터 벗어난 귀의자야말로 나의 사랑을 얻는 존재이다. 육체의 욕망에서 벗어나 순수함을 지키는 요가수행자는 어떤 것도 그의 장애가 될 수 없다. 행위의 결과를 공허하게 여기지 않고 근심하지 않는 귀의자야말로 나의 사랑을 얻는 존재이다. 더 큰 즐거움을 추구하거나 기쁨을 갈망하지도 않으며, 슬픈 일에 대해서도 두려워하지 않고, 행운과 불행에도 심정에 동요가 없는 귀의자야말로 나의 사랑을 얻는 존재이다.

적까지도 친구와 마찬가지로 동등하게 대하는 태도를 취하고, 명예와 모욕, 더위와 추위, 기쁨과 고통에 동요하지 않는 이는 요가수행자이다. 그는 집착으로부터 벗어나 칭찬과 비난을 동일하게 여긴다. 침묵하며 무엇이든 만족하는 요가수행자의 거처는 모든 곳이며 어디에도 속하지 않는다. 오직 완전성을 향한 헌신의 마음으로 가득 찬 귀의자야말로 나의 사랑을 얻는 존재이다. 내가 가르친 이 진실한 지혜는 그대를 영원성으로 인도해줄 것이다. 나를 최고의 목표로 삼아 헌신하며 온 마음을 다하라. 나에게 온 마음을 다하여 일념으로 헌신하는 귀의자야말로 내가 가장 좋아하는 존재이다.'

# 제 13장
## 우주(宇宙)의 주관자 Trayodaśo dhyāyaḥ

아르쥬나가 묻기를,

'크리쉬나여! 물질과 정신의 주관자를 알고 싶습니다. 어떤 것을 알 수 있게 하는 지식은 무엇입니까?'

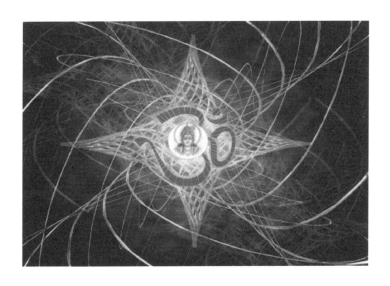

크리쉬나가 대답하기를,

'아르쥬나여! 물질로 구성된 육신을 밭이라 부른다. 인간이 육체라는 밭에 행위의 씨앗을 뿌리고 그 결실들을 거둬들이기 때문이다. 현자는 물질의 주관자를 육체 안에서 일어나는 모든 것을 주시하는 존재라고 말한다. 모든 물질에 내재된 주관자로 우주적 순환과 그것을 유지하고 있는 내 존재를 인식하고 분별하는 이는 최고의 지식이다.

나는 그대에게 우주의 본질, 기원, 순환원리에 관해 간략하게 설명할 것이다. 그것을 주관하는 존재와 유지하는 힘은 무엇인지 가르쳐 줄 것이다. 성인들은 브라흐마의 본성에 대한 찬가의 경구들에서 이러한 진리에 대해 베다를 통해 시와 찬가로 다양하게 표현하며, 그들의 이해를 세밀하게 이론화하여 확신하고 있다.

내가 간단하게 우주의 원리를 정리하여 설명해줄 것이다. 우선 프라크리티는 무엇인가? 그것은 우주를 구성하는 근원이고, 보이지 않거나 식별할 수도 있는 특성을 가지고 있다. 물, 불, 대지, 공기, 공간의 다섯 가지 원질과 지성(知性)[142]과 자아(自我)[143]라는 인식을 토대로 행위하는 인간의 마음도 물질의 구성요소일 뿐이다. 보고, 듣고, 만지고, 맛보고, 냄새를 맡는 다섯 가지 감정의 속성들과, 증오, 욕망, 기쁨, 고통, 의식, 신념 또한 물질에 포함된다. 이 모든 것들이 결합되어 이로 인한 속성과 제한적 변화 안에서 물질이라는 우주를 이루고 있다. 그러므로 그대는 늘 겸손한 자세를 견지하고, 다른 생명에게 해를 끼치거나 희생을 요구하지 말아야 한다.

언제나 정직한 마음으로 인내하며 그대를 깨우치게 하는 모든 스승

---

142) 지성(知性) : 붓디(Buddhi), 깨달음으로 이끄는 힘. 진아(眞我)를 이해하는 의식

143) 자아(自我) : 아함카라(Ahamkara), 나라는 인식, 에고(Ego), 착각하는 나, 그림자

들을 진심으로 공경하고 헌신하는 마음을 가져야 한다. 그대는 마음과 육체를 청정하게 하여 평온한 가운데 감정을 일으키는 대상의 속성으로부터 벗어날 수 있도록 노력해야 한다. 끊임없이 스스로를 제어하여 그 자아로부터 벗어나면 윤회라는 숙명적인 속성에 불과한 덧없음을 알게 된다.

세상을 사는 동안 자식과 아내, 가정과 재산을 소유하려는 욕망을 버리고, 태어남, 늙음, 질병의 고통, 죽음의 질곡에서 노예가 되지 않도록 경계하라. 기쁨이나 고통에도 초연하게 흐트러짐이 없는 마음으로 오직 나에게 몰입하여 헌신하라.

그대의 마음을 산란하게 하는 이들의 아우성을 일축하고 고독한 침묵으로 일념을 다한다면 아트만의 지혜에 도달하게 된다. 진리를 찾는 끊임없는 노력은 바로 그대가 찾고자 하는 참다운 지혜의 근원이기 때문이다. 어리석음은 단지 그것을 부정하는 모든 것에서 비롯된다. 이 모든 것들을 주관하는 불멸성으로 알려진 존재에 대해 설명할 것이다. 브라흐만[144]은 시작이 없이 무한하고 영원하기에 존재와 비존재까지도 초월한 것이다.

144) 브라흐만(Brahma) : 우주적 원리(原理), 본질(本質). 상키야철학에서는 푸루샤(Purusha)를 물질과 상대적인 유일한 원리이자 정신으로 본다. 바가바드기타에서는 불멸의 진아 (Atman)와 온 우주에 편재한 절대성 브라흐만(Brahman) 푸루샤를 혼용한다. 어떤 면에서는 동일시되고 있지만 다른 면에서는 그렇지 않다. 왜냐하면 브라흐만에 이르기 위해서는 요가(Yoga)라는 거쳐야 하는 실천적 길이 제시되고 있기 때문이다. 브라흐만은 현상적 우주의 배후에 있는 궁극적 원리로서 비인격의 존재이다. 반면 아트만은 변화의 세계에 간섭하지 않고 관조하는 고차원적 의식으로 볼 수 있다.

브라흐만은 모든 곳에 손과 눈, 발들이 있고, 그의 머리, 얼굴들, 사방에 귀가 있어 세상의 모든 소리를 듣는다. 사물을 포함하여 세상 어느 공간이든 편재해 있는 존재로 감각의 기능을 행하지만 자신은 그 감각에서 벗어나 있다. 브라흐만은 구나스[145]에서 홀로 떨어져 자유로운 존재이지만 늘 이 우주의 변화를 알고 있다. 그는 내면과 외면에 존재하고 있으며, 생물과 무생물에도 깃들어 있다.

따라서 그는 인간의 마음으로 분별할 수 없는 초월적이고 미묘한 존재로서 바로 곁에 있으며 아주 먼 곳에 있기도 하다. 분리되지 않는 그는 창조물들 속에서 보고자 하는 의지에 따라 나눠진 것처럼 보일 뿐이다. 그는 자신의 내부에서 창조물을 내보내 그것을 유지하며 붕괴시키고 사라지게 한다. 인간의 무지라는 어둠을 초월하여 모든 빛 중의 빛으로 존재한다. 지혜[146]는 우리가 알고 있는 유일한 실재로 마음에 있는 거주자이다.


나는 그대에게 간략하게 우주가 무엇이고, 지혜가 무엇이며, 반드시 알아야 할 유일한 실재는 무엇인지 설명하였다. 내 존재를 믿는 귀의자들이 이 사실을 알았을 때 그는 나와 합일을 이룰 수 있는 자격을 갖춘다.


브라흐만(절대성)과 프라크리티(물질의 원소) 모두 시작도 끝도 없는 변화의 속성을 가지고 모든 진화를 이끌어간다. 그대는 구나스(변화의 속성)가

---

145) 구나스(Gunas) : 어둡고 무거움의 타마스, 활동의 기운 라자스, 가볍고 밝은 사트바 등 우주의 변화를 이끄는 3가지 속성
146) 지혜 : 프라갸(Prajnna), 분별심으로 사물의 속성이나 본질을 파악

프라크리티에서 유래한다는 것을 반드시 이해해야만 한다. 물질과 정신의 진화도 이 프라크리티에서 기원하며, 인간에게 내재된 개성과 감정은 기쁨과 고통을 느끼게 하는 인자(因子)이기 때문이다. 브라흐만을 프라크리티와 동일한 것으로 착각하는 것은 구나스의 작용으로써 물질이 나라는 잘못된 인식을 하게 된 것이다. 그것은 가장 많이 집착된 구나스의 힘에 이끌려 순결하거나 또는 선하지 않은 모태(母胎)에 들어간다.

육체 안에 깃든 브라흐만은 주관자로써 인간의 행위를 가능하게 하고, 대상을 인식하며 모든 경험들을 지켜보는 주재자이기도 하다. 이는 무한한 존재이자 지고의 아트만이다. 브라흐만을 직관하여 그것을 프라크리티와 구나스 보다 더 우월한 것으로 깨달은 이는 그가 현생에서 어떤 모습으로 살았든지 다시 태어나지 않을 것이다.

어떤 이들은 프라크리티의 독자적인 특징[147]을 명상함으로써 철학적 사유를 통해 아트만을 인식한다. 또 다른 이들은 바른 행위를 통하여 인식한다.[148] 그러나 이 길들을 모르는 이들은 신을 그들의 스승[149]으로 삼고 안내자로 숭배할 뿐이다. 만약 그들이 신의 교리를 따라서 성실하게 실천한다면 그들 또한 윤회의 무한반복으로부터 벗어날 수 있다.

---

147) 프라크리티(Prakriti) : 우주를 구성하는 물질의 개별적 요소인 지,수,화,풍,공 다섯가지 원질
148) 갸나요가(Jnana yoga)와 카르마요가(Karma yoga)를 설명하는 구절
149) 스승(Guru) : 빛으로 인도하는 자, 어둠을 거둬가는 자. 실수와 오류가 많은 인간의 지식보다 무오(無謬)한 신을 신앙하면 윤회의 반복에서 벗어난다는 의미

아르쥬나여!

창조되어진 사물들은 모두 프라크리티가 원질인 우주의 브라흐만과 아트만의 일치속에서 생멸하고 있다는 사실을 인식하라. 윤회의 숙명을 가졌다 할지라도 모든 창조물 내부에 존재하는 불멸의 절대성을 볼 수 있다면 바로 그 사람은 진실한 실체를 보는 것이다. 그러므로 바로 눈앞에 보여 지는 것만이 아니라 항상 주재자를 의식하고 언제나 그를 명상해야 한다. 그는 자신 안에 내재된 아트만에 대해서 의심하지 않으며 비켜서지 않는다. 신의 모습이 현실에서 그의 마음을 더 이상 가리지 않기에 그는 지고의 희열에 이를 것이다. 아트만은 어떤 행위도 하지 않으며, 프라크리티만이 모든 행위를 가능하게 한다는 것을 아는 이는 진실한 실체를 보는 것이다.

브라흐만과 결합되어 있는 모든 창조물에서 생명이 태어남을 보는 이는 브라흐만을 인식하게 된다. 시작도 끝도 없는 불멸의 아트만은 구나스를 초월하여 어떤 변화에도 예속되지 않는다. 아트만은 모든 육체 안에 깃들어 있다 해도 행위하지 않으며, 행위의 결과에 무관하다. 아트만은 모든 공간속에 편재하여 어떤 것에 물들지도 않는다. 따라서 모든 인간의 육체에 거하고 있어도 결코 더럽혀지지 않는다. 오직 하나의 태양이 온 세상에 빛을 비추듯이 아트만은 유일한 주관자로서 우주에 빛을 발하고 있다.

우주가 그 주관자와 어떻게 구별되고 있는가를 지혜의 눈으로 통찰하는 이들과, 프라크리티의 작용으로부터 자유로운 이는 생의 목적을 완수하게 됨으로써 지고자와 하나가 될 것이다.'

# 제 14장
# 세 가지 변화의 속성 Caturdaśo dhyāyaḥ


크리쉬나가 말하기를,

'다시한번 나는 그대에게 그 절대 지혜를 가르쳐 줄 것이다. 그것을 터득한 성인들은 모든 것을 완전하게 수행함으로써 육체의 질곡으로부터 벗어났다. 이 지혜를 터득한 그들은 신성한 나의 본성과 일체가 되었다. 그들은 이제 다시 태어나지 않으며 새로운 시기[150]가 시작되는 파멸의 와중에서도 그들은 결코 분리되지 않을 것이다. 나는 한없는 힘의 원천인 프라크리티에 모든 생명의 씨앗을 뿌려 새로운 탄생을 부여한다. 그리하여 수많은 창조물들이 이 세상에 출현하는데 이들은 근원으로부터 태어나 생명의 형태를 취한다. 모든 변화를 이끄는 근원은 브라흐만이며, 나는 그 힘의 원천에 씨앗을 뿌리는 아버지이다.

---

150) 유가(Yuga) : 힌두교에서 말하는 4번의 우주 변화주기

아르쥬나여!

프라크리티에서 변화를 이끄는 속성 사트바, 라자스, 타마스 이 세가
지 구나스는 육체 안에 자리한 불멸성에 연결된 사슬과 같다.

빛의 속성을 가진 사트바는 순수한 빛을 통해서 아트만을 비추게 한
다. 그러나 사트바는 그대에게 현재의 생애(生涯)에서 행복을 추구하고
지혜를 갈구하도록 얽어맨 사슬이다. 열정의 동력인 라자스는 현생애에
서 그대에게 쾌락과 소유를 갈망하도록 만들 것이다. 라자스는 그대에게
끝없이 행위하도록 얽매어 놓을 것이다. 어두운 무지의 타마스는 그대를
미혹하게 할 것이다. 타마스는 현생애에서 그대를 나태함과 무기력, 무감
각의 상태로 이끌어 환상의 질곡에 빠지게 할 것이다.

사트바의 본질은 행복을 추구하도록 그대의 내면을 노예화하고, 라자스의 본질은 그대에게 끝없이 행위를 반복하도록 노예화하며, 타마스의 본질은 그대를 실재가 아닌 환상에 빠지게 하여 판단력을 흐리게 할 것이다. 사트바가 라자스와 타마스를 능가하여 그 힘을 고양시켰을 때, 인간은 사트바의 경지에 이른다. 라자스가 사트바와 타마스를 능가하여 그 힘을 고양시켰을 때, 인간은 라자스의 변화무쌍함에 빠져들게 된다. 타마스가 사트바와 라자스를 능가하여 그 힘을 고양시켰을 때, 인간은 타마스의 어둠에 굴복하여 환상과 무지의 늪에 잠긴다.

순수한 감정을 통하여 이해력과 분별심이 빛을 발할 때, 그대의 마음과 육체의 감각은 사트바가 고양되었음을 느끼게 된다. 욕망에 이끌리어 행위의 열중한 과정에서 불안정함을 자각하는 그대의 마음은 모든 욕망에 라자스가 지배하고 있음을 알아야 한다. 그대의 마음이 어둡고 나태한 환상속에서 방황할 때, 타마스가 우월한 상태에 있음을 알아야 한다.

사트바가 고양된 시간에 죽음을 맞이한 사람은 윤회에 들지 않는 성자들의 고향으로 가게 될 것이다. 라자스가 고양된 상태에서 죽음을 맞이한 사람은 행위에 집착하는 곳에서 다시 태어나고, 타마스가 고양된 상태에서 죽음을 맞이한 사람은 어리석은 이의 자궁으로 되돌아간다.

정의로운 행위의 결과는 가장 순수한 기쁨의 사트바이다. 그러나 라자스의 행위로 인한 결과는 고통이며, 어둡고 탁한 타마스에서 유래된 결과는 무지이다. 사트바에서 분별심이 시작되고 라자스에서 욕망이 생겨나지만, 타마스는 혼란한 환상의 어둠만을 잉태하고 있을 뿐이다. 사트바 속에 살고 있는 이는 보다 높은 영역으로 향하고, 라자스에 머물러 있는 이는 이 세상에 머무르길 원하며, 타마스 속에 빠져있는 사람은 가장 비천한 본성으로 빠져들게 한다.

이 구나스가 모든 행위를 유발시키는 속성임을 현명한 이들은 인식하고 있다. 만약 그들이 구나스를 초월한 절대성을 알 수 있도록 다른 이들에게 전달한다면 그들은 나의 유일성에 이를 것이다. 육체 안에서 구나스가 변화의 속성임을 자각하고 내재한 아트만의 본성을 깨닫는다면, 그는 생과 사 고통과 쇠락으로부터 벗어나 영원히 존재하게 된다.'

아르쥬나가 묻기를,
'이 세 가지 구나스를 초월한 이는 어떤 특징을 가지게 되며, 어떻게 구나스의 사슬에서 벗어날 수 있습니까?'

크리쉬나가 대답하기를,
'인간은 언제나 세 가지 구나스에 지배되고 있으나, 누군가 사트바의 빛이나 라자스의 활동, 심지어 타마스의 환상까지도 초연하다면, 구나스의 사슬로부터 벗어나게 된다. 그는 변화의 속성들에서 이미 벗어나 있으므로 또다시 그 필요성을 가지지 않는다. 그는 어떤 인과관계에서도 장애를 갖지 않으며, 모든 행위의 인자가 구나스임을 인식했기 때문에 이 분별심을 놓치지 않는다. 그는 행복과 고통을 동일한 것으로 보며, 아트만의 보다 깊은 적정(寂靜) 속으로 침잠한다.

　황금도 흙과 돌처럼 땅에 속한 물질에서는 동일한 요소인 것처럼, 그
는 기쁘거나 불쾌한 것도 동일한 것으로 인식하는 참된 분별력을 소유
하고 있다. 칭찬이나 비난에도 무관심하며, 행위를 함에 있어 명예를 얻
거나 모욕을 당할지라도 동일하게 여긴다. 공경과 무례함도, 적과 친구
도 동일하게 여기며 욕망을 위한 행위를 포기한다면 그는 구나스를 초
월한 사람이다. 오직 나에게 일념으로 귀의한 이는 구나스에서 자유를
얻고 브라흐만과 합일을 이룰 수 있다. 왜냐하면 내가 육신 안에 거주
하는 브라흐만이기 때문이다. 나는 죽지 않고 불멸하는 진리이고 영원
한 환희이다.'

# 제 15장
# 지고의 정신에 헌신 Pañcadaśo dhyāyaḥ

크리쉬나가 말하기를,

'나는 그대에게 옛이야기를 하나의 예로 설명할 것이다. 성스러운 무화과나무(Ashvata)[151] 한 그루가 있는데 하늘에 뿌리를 드리우고, 지상에 가지를 드리운 이 거대한 나무는 영원한 푸르름으로 잎사귀 하나마다 베다의 성스런 찬가(讚歌)가 되었다. 이를 아는 이는 베다서를 모두 아는 사람이다.

위 아래 사방으로 뻗어있는 가지들은 구나스의 힘으로 자라며, 그 가지에서 나오는 새싹들은 끝없는 감정들의 결과물이다. 그 뿌리는 이 세상에 존재하는 인간 행위의 근본에까지 이르러 있다. 그 형태가 어떤 것이든지 시작과 끝도 그것의 본질도 이 세상에서는 인식할 수 없다. 그러므로 요가수행자는 비애착의 도끼날이 날카로워질 때까지 브라흐만을 명상해야 한다. 잘 벼려진 도끼로 단단히 뿌리박은 이 무화과나무를 반드시 잘라내야만 또다시 태어나는 것을 반복하지 않는다. 태초의 움직임을 태동시켜 영구히 유출하고 있는 근원적인 존재에게서 안식을 얻을 수 있다.

---

151) 아쉬바타(Ashvata) : 변화를 이끄는 힘의 속성인 구나스를 자양분으로 삼아 자라는 전설의 무화과나무

　무지에서 벗어났을 때에만 비로소 자만과 환상에서 깨어나 세상에서의 집착을 일소한다. 아트만과 합일된 상태에서는 모든 욕망이 사라지고 더 이상 감정의 지배를 받지 않는다. 기쁨과 고통의 대립에서 자유로운 영혼은 미혹함에 이끌리지 않고 불멸의 장소에 이르게 된다. 항상 스스로 빛나는 나의 불멸성은 달빛이나 불빛, 태양의 광휘로도 더하지 못한다. 이 불멸성을 획득한 요가수행자는 결코 다시 태어나지 않는다.

　다양한 모습으로 만물에 깃들어 있는 내 본성은 모든 창조물에 존재하고 있다. 그 본성은 오직 하나로서 영원히 간직되어 있으나, 때로는 분리된 것처럼 보이기도 한다. 인간의 형태는 단지 마음(Manas)과 다섯 가지 감정(Tanmatras)에 물질의 원질(Prakriti)로 만든 옷을 입은 것에 불과하다. 절대성이 한 육체에 깃들어 있다가 그에게서 떠날 때일지라도, 바람이

꽃들에게서 향기를 옮기듯이 마음과 감정을 거두어 갈 뿐이다. 보고, 듣고, 만지고, 맛보고, 향기를 맡고, 마음의 움직임까지 항상 관조하며, 감정의 대상들을 함께 느낀다. 육체에 머물 때도 떠날 때도 구나스와 합일되어 있을 때에도 절대성은 그의 감정과 정서를 알고 있다. 성자들은 지혜의 눈으로 그 존재를 보지만, 무지한 이들에게는 어느 때도 인식되지 않는다.

실천적인 수행을 통해 평정심을 얻은 요가수행자는 그를 자신의 의식 속에서 바라보지만, 평안과 분별력이 결여된 이들은 그를 볼 수 없다. 그는 태양이 온 세상을 비추고 달빛, 불타오르는 빛까지 모두 나에게로부터 비롯됨을 안다. 나의 정기는 지상에 스며들어 모든 것을 유지하고, 달의 감로수(Soma)[152]로 나무와 풀에 생기를 주어 기른다. 나는 모든 생명에 깃든 숨결로 불꽃을 피워 육신을 유지하는 힘을 제공한다. 또한 나는

---

152) 소마(Soma) : 달의 감로수(甘露水). 베다시대 초기에는 비 물질이자 비형상의 화신(火神) 아그니(Agni)와 주신(酒神) 소마(Soma)의 역할이 컸다. 이 신들이 독자적인 권위를 가지고 있었던 배경에는 당시 브라만(Braman) 사제들이 제사만능 위주로 신을 독점했던 영향도 컸다. 불과 술은 신을 향한 희생제의식에 반드시 필요한 매개였기 때문으로 신에게 공물을 불태올 때는 불의 신이, 신과의 소통을 위해서는 취하게 하는 술의 힘이 필요했다. 그러나 점차 종교를 통한 신과의 직접적인 교류와 은총보다는 철학적 사유와 직접적인 수행을 통한 깨우침을 원하는 분위기로 전환되면서 사제들 권위의 약화와 함께 신들도 그 힘을 잃어갔다. 처음 인도대륙으로 들어온 유목민들이 해를 숭상하면서 12의 아디땨스(Adityas)를 계절에 따른 태양신들로 찬양했다. 그때는 달에서 나오는 감로인 소마를 신과 브라만들이 교통(交通)하게 하는 신으로 찬양하였다. 초기 베다시대가 지나며 신들의 지위 또는 권위도 점차 바뀌면서 해를 상징하는 신은 수리야(Suriya), 달을 상징하는 신은 찬드라(Candra)로 대체되었다. 하타요가(Hatha yoga)에서는 소마(Soma)를 소우주인 인체의 미묘한 흐름을 관장하는 호르몬 송과샘으로 이해하며 영적 깨달음의 연료로 인식하고 있다.

심장에 깃들어 지식과 기억을 주기도 하고 되돌리기도 한다. 나는 베다서가 말한 베단타(Vedanta)[153]를 아는 모든 지식으로 내가 곧 그들의 스승이다.

이 세상에는 운명 지워진 것과 영원한 두 가지 성품이 있다. 그것은 바로 변화하는 것과 변화하지 않는 것을 의미한다. 인격(人格)은 변화하지만, 초월의 정신인 신격(神格)은 영원하다. 그러나 그것들과 다른 유일한 것이 있으니 바로 지고의 아트만이다. 그는 삼계(三界)에 편재하면서

---

153) 베단타(Vedanta) : 베다의 끝을 의미하며, 철학적 사유들이 내포된 오의(奧義)서로 우파니샤드(Upanishshad)의 이명(異名)이다. 또는 스승을 통한 비의전수(秘儀傳授)의 흐름에서 나타난 학파를 말한다.

세계를 유지하는 불멸의 주재자이다. 베다서는 내가 운명적인 것을 초월한 아트만이며, 영원한 불멸성, 지고의 정신이라고 말한다. 환상의 세계(Maya)에서 벗어나 있는 나를 지고의 실재로 인식하는 이는, 세상에 드러난 모든 것을 다 이해할 수 있다. 그러므로 그는 나를 의지처로 삼아 온 마음으로 나에게 귀의한다.

아르쥬나여!
내가 지금껏 가르친 진리에 관한 가장 신성한 비밀을 그대가 참으로 깨달을 때, 그 지혜를 통해 이 생애에서의 목적이 성취될 것이다.'

# 제 16장

# 신성과 악마적인 제 경향 Ṣoḍaśo dhyāyaḥ

크리쉬나가 말하기를,

'신성(神性)한 성품을 가지고 태어난 이의 품성은 순수하기에 두려움이 없다. 그는 성인들과 스승들에게 배웠던 브라흐만과 합일하는 요가 수행의 길을 실천한다. 그의 의지는 열정을 통제할 수 있으며, 경전들을 규칙적으로 공부하고, 경전에서 가르치는 방향을 존중한다. 그는 규칙적인 규율을 지키면서 정신적인 평온과 정직하고 진실한 태도를 유지한다. 그는 어떤 대상에게도 위해를 가하지 않으며, 세속의 명예와 영광을 포기함으로써 평정심을 유지한다. 욕심을 버리고 자비심으로 용서하고 인내하며 늘 온화하고 겸손하게 불필요한 행위를 하지 않는다. 보다 지고한 신성에 대한 신념으로 사고하며, 다른 대상에 대한 미움없이 교만하지 않은 정결한 태도를 가지고 있다. 이러한 품성(稟性)은 신성을 가지고 태어난 사람이다.

악(惡)한 성품을 가지고 태어난 이의 품성은 위선, 오만, 속임, 분노, 잔인 그리고 무지이다. 성스런 품성을 지니고 태어난 이는 해탈로 이끌리지만, 악한 품성을 가지고 태어난 이는 더욱 무거운 윤회의 속박에 이끌릴 뿐이다. 그러나 아르쥬나여! 그대는 신성의 품성을 가지고 태어났으므로 두려워할 필요가 없다.

이 세상에는 두 가지 성향이 존재가 있으니 바로 신성으로 향하는 이와 악한 본성을 떨치지 못하는 이가 있다. 신성한 품성을 가진 이에 대해서 이미 상세하게 말했으니, 이제부터 나는 그대에게 악한 본성은 무엇인가 설명할 것이다.

악한 성향을 가진 이들은 마땅히 해야 할 도리를 모르고, 억제해야 할 행위를 분별하지 못한다. 진실함과 순결함이 없이 선한 행위를 하지 않는 그들은 신성한 경전의 가르침을 부정한다. 그래서 우주운행의 순리도 신의 은총이 아닌 욕망으로부터 비롯되어 생성되었다고 생각한다. 왜냐하면, 그들은 무지의 어둠속에 빠진 채 신의 대의를 믿지 않는다. 이러한 타락한 창조물들이 다른 대상에 해를 끼치는 행위를 지속하면서 세상을 혼란하게 한다.

만족하지 않는 욕망을 추구하는 그들은 오만한 허세를 부리면서 교만에 빠져 있다. 미망(迷妄)으로 그릇된 견해를 맹목적으로 따르며 사악한 목적을 가지고 행동한다. 이 생에서의 목적은 오직 욕망을 충족시키는 것으로 확신하며, 그로인해 일생동안 근심으로 고통을 겪지만 죽음만이 그 생을 끝내게 할 뿐이다. 근심 걱정이 셀 수 없는 족쇄가 되어 그들을 얽어매고, 끊임없는 분노와 집착으로 늘 분주하게 욕망 충족을 위한 부정한 행위를 반복한다.

그들의 마음속에는 '나는 오늘 원했던 이것을 얻었지만 아직 저것을 원하며, 나는 내일 그것을 얻을 것이다. 이 모든 재물들은 지금 내 것이고, 곧 나는 더 가지게 될 것이다. 나는 적을 죽였고, 다른 적들 또한 모두 죽일 것이다. 나는 인간의 통치자이기에 이 세상의 온갖 것을 다 누릴 것이다. 나는 부유하고 고귀하게 태어난 존재이니 나처럼 성공하고, 강하며, 행복한 사람이 누가 있을까? 나는 신들에게 제사를 지내고, 보시를 할 것이며 그로인해 나는 복을 받고 즐거울 것이다.'
아르쥬나여! 이들은 이처럼 분별심이 결여된 무지에서 비롯된 맹목적인 교만에 빠져 자기 자신들에게 말하고 있을 뿐이다. 그들은 감각적인 쾌락만을 탐닉하면서 수많은 욕망 때문에 항상 불안한 환상의 그물에 사로잡혀 있다. 결국 그들은 악한 마음에 깃들어 있는 욕망의 세계로 빠져 들어간다.

　그들은 오만하고 위선적인 태도와 어리석은 자만심으로 재물을 탐하여 진실한 마음으로 성스러운 제사의식을 따르지 않는다. 그리고 신에게 바친다는 명목을 허울로 외부에 과시하기 위한 거짓제사를 지낸다. 이 악의 창조물들은 이기주의와 허세, 욕망과 분노, 권력욕구로 가득 차 있다. 그들은 내가 자신의 내면과 다른 이들의 내면에 존재한다는 사실을 거부한다. 그들은 나를 혐오하는 잔인하고, 야비하며, 사악한 존재들이기에 나와 모든 선한 이들의 적이다. 나는 그들을 타락한 부모의 자궁들 속에 몇 번이고 되돌려 생사의 윤회에 예속시킨다. 그들은 그렇게 타락과 환상에 휩쓸려 끊임없이 다시 태어나는 운명을 스스로 만들고 있다. 그들은 나에게 도달하지 못하며, 그 영혼은 가장 비천한 존재의 나락으로 떨어진다.

인간을 파멸로 이끄는 세 가지 문이 있다. 욕망과 분노와 탐욕이 그것
으로 윤회를 반복하는 이 문에서 벗어나야한다. 이 세 어둠의 문을 통
과하는 사람은 삶의 최고 목적을 성취할 것이다. 경전들에 있는 계율들
을 비웃고 충동적 욕망으로 행동하는 사람은 완전성도, 지복(至福)도, 최
고의 목표인 해탈의 길에 이르지도 못한다.

아르쥬나여!
그대는 해야 할 일과 하지 않아야 할 것을 결정하는데 있어 고대로부
터 선인들이 제시한 경전의 가르침을 따라야 한다. 경전이 가르치는 의
미를 바르게 깨달아 그 길을 따라 걸으라.'

# 제 17장
# 세 종류의 신앙(信仰) Saptadaśo dhyāyaḥ

아르쥬나가 묻기를,
'위대한 존재시여!
비록 경전이 제시하는 길을 따르지 않는다 할지라도 그들의 마음에 신념을 갖고 신께 헌신하는 이들도 있습니다. 그 믿음의 본질은 무엇입니까? 그 또한 사트바, 라자스, 타마스에 속해 있습니까?'

크리쉬나가 대답하기를,
'인간의 신심(神心)에는 세 가지 부류가 있는데, 그것은 타고난 개인의 성품과 관련하여 사트바, 라자스, 타마스에 따른 신앙의 경향이 있다. 이처럼 신앙은 각자의 내재된 선천적인 특징에 따라 다른 신앙을 가진다. 그의 신앙이 어떤 것이든지 그 자신의 반영이다.

그의 본성이 사트바적 성향으로 향할 때 신의 다양성을 보고, 라자스적 경향은 부귀와 권력을 원한다. 나머지 부류의 사람들 즉, 타마스 성향으로 향해진 이들은 이미 죽은 자의 정신을 신앙하고 그들 조상의 영혼을 신으로 우상화하기도 한다. 이런 부류의 사람들은 경전에 제시되지 않은 끔찍한 고행의 방법으로 육체를 괴롭게 만들기도 한다. 그것은 감정의 대상에 대한 이기적 욕망과 허망한 집착에 물든 무지한 행동이다.

그들은 자신의 어리석음을 깨닫지 못하고 감각기관을 약화시켜 육체 안에 깃든 나의 신성을 모욕한다.

각기 다른 성향의 사람들에게도 제사, 고행, 보시는 공통으로 선호하는 행위이다. 그러나 이 또한 성향에 따라 이 세 가지의 행위에서도 차이를 보인다.

사트바적인 경향의 사람들은 강인한 생명의 활력을 위한 건강을 증진시키는 음식을 즐긴다. 육체와 정신적 안정을 동시에 만족시킬 수 있는 부드럽고 신선하며, 적당한 수분을 함유한 것을 선호한다.

라자스적 성향의 사람들은 시고, 짜고, 맵고, 뜨거운 매우 자극적이고 거친 음식을 즐긴다. 이런 음식들은 마음과 육체를 어지럽게 하여 건강을 해친다.

타마스적 성향의 사람들은 맛이 없고 신선하지 않은 썩은 것으로부터 비롯된 부정한 음식들에서 쾌락을 느끼며 남겨진 음식을 탐한다.

자신을 위한 어떤 이익도 원하지 않고 경전의 가르침에 따라 감사의 례를 행하는 이는 사트바적 품성의 사람이다. 그들은 마음의 의무감이 이끄는 대로 존재에 대한 감사심으로 의례를 행한다. 그러나 남에게 과시하기 위해 재물을 바치고, 신의 은총을 그 대가로 받기를 원하는 이들은 라자스적 품성의 사람이다. 경전의 가르침을 무시하고 감사와 헌신의 기도도 없으며, 작은 신앙심도 없이 브라흐만에게 재물도 바치지 않는 사람은 타마스의 속성에 갇혀 있다.

데바스, 신의 속성에 이른 성인들, 스승들, 그리고 고행자들을 공경하는 마음을 가져야 한다. 그들은 진실하고 다른 존재에 위해를 가하지 않으며, 항상 청결한 육체를 유지하면서 금욕적인 생활을 한다. 이러한 미덕을 실천하는 것을 육체적 고행(Tapas)이라 부른다.

남에게 고통을 주는 말을 하지 않고, 유익하며, 거짓이 없는 말과 규칙적인 경전의 낭송은 언어의 고행이라 부른다.

아트만을 향한 평온한 침묵의 명상으로 감정의 혼란함을 안정시켜 의지를 하나로 모아 청정함을 얻는 것을 마음의 고행이라 부른다.

　스스로의 노력으로 깨달은 신념을 갖고 어떤 보상도 원하지 않은 채이 세 가지의 고행을 진실한 마음으로 실천한다면 그는 사트바의 본질에 들어있다.

　명성이나 명예를 얻기 위한 이기적 자만심을 지닌채 위선적으로 실행하는 고행은 라자스적 본성에 들어있다. 그것은 목표에 이르는 연결의고리를 결여하고 있기 때문에 불안정하고 무상하다.

　어떤 자극을 통해 자신을 학대하거나, 다른 사람에게 위해를 가하는어리석은 목적으로 행하는 고행은 타마스적 본성에 들어있다.

적당한 장소와 시기에 그것을 받을 준비가 된 사람에게 보상을 바라지 않고 베푸는 보시(普施)[154]는 사트바에서 유래하는 것이다. 그것은 이전에 주었던 것을 되돌려 받거나 나중에 보상을 원하면서 베푸는 것이 아니라 그가 받을 권리를 알기 때문이다. 그러나 호의에 대한 보답을 희망하거나, 이기적인 결과를 생각하면서 마지못해 베푸는 보시는 라자스에서 유래하는 것이다. 적당하지 않는 시기와 장소에서 받을 자격이 없는 부정한 사람에게 주거나, 또는 그것을 받을 사람의 마음에 개의치 않고 거만하게 주는 보시는 타마스에서 유래하는 것이다.


옴, 타트, 사트(Om, Tat, Sat)[155] 이 세 음절은 브라흐만을 뜻하며, 고대의 베다(Vedas), 브라흐마나(Brahmana)[156], 그리고 성스러운 제의의례들이 그에 의해 제정(制定)되었다.

---

154) 보시(普施;Baksheesh) : 보상이나 결과를 원하지 않고 연민으로 남에게 베푸는 행위로 포시(布施)라고도 한다. 받는 사람이 당연하게 여기는 것은, 주는 이의 마음에 자비심을 불러 일으켰기 때문에 이미 돌려줬다고 생각하기 때문이다.

155) 옴Om;唵)은 브라만(梵)의 절대성, 타트(Tat)는 절대성의 편재(遍在), 사트(Sat)는 존재하는 실재(實在)를 뜻한다.

156) 브라흐마나(Brahmana) : 베다(Veda)경전의 신화, 철학, 제사의식에 대한 주해서(註解書). 베다의 본집서(本集書, Samhita)를 해설하고 있는 문헌으로는 브라흐마나(祭儀書), 아란냐카(森林書), 우파니샤드(奧義書)가 있다. 브라흐마나는 각 베다 본집에 대한 설명을 담고 있으며, 제사(祭詞)의 기원, 의의, 목적, 실행방법 등을 규정하거나 설명하고 있다. 또한 힌

옴(Om;唵)은 브라흐만의 절대성을 신앙하는 이들이 경전에서 제시한 바대로 감사의례를 행하고, 보시와 고행을 실천하면서 항상 낭송하는 만트라[157]이다.

타트(Tat)는 대상(對象)을 절대성의 또 다른 현시(顯示)로 보아, 절대성에 이르기를 희망하는 이들이 어떤 보상도 원하지 않고 감사의례를 행하고, 보시와 고행을 실천하면서 항상 낭송하는 만트라이다.

사트(Sat)는 실제적(實際的) 존재에 대한 존경심을 담은 경건한 행위를 의미하며, 선을 향한 의지로 감사의례를 행하고, 보시와 고행을 실천하면서 항상 낭송하는 만트라이다.

---

두신화의 다양한 신들에 관한 전설과 찬가들을 모아 수록한 문학작품집이다.

157) 만트라(Mantra) : 집중이 흩어지지 않도록 심상(心象)하며, 크거나 낮은 소리로 음절을 반복한다.

아르쥬나여!

브라흐만에 대한 정성과 의지를 결여 한 채 신심(信心)없는 제의나 성의 없는 보시(普施), 위선적 고행(苦行)은 아사트(Asat)[158]이다. 진실하지 않은 그러한 행위는 이 세상에서나 다른 생에서도 유익한 결과를 가져올 수 없다.'

---

158) 아사트(Asat) : 비 실재, 또는 진실하지 않은 것

# 제 18장
# 해탈(解脫)의 길 Aṣṭādaśo dhyāyaḥ

아르쥬나가 묻기를,

'위대한 존재 크리쉬나여!

나는 집착하는 대상의 포기와 애착하는 마음을 단념하는 본질을 알고 싶습니다. 이 두 가지 마음의 차이점은 무엇입니까?'

크리쉬나가 대답하기를,

'성인들은 욕망에 근거한 일체의 행위를 멈추는 것을 포기하는 것이라 말하고, 그 행위의 결과를 기대하지 않는 것을 단념이라 말한다. 어떤 현자들은 인간의 모든 행위는 항상 어느 정도 악을 내포하고 있기에 포기해야 하는 것이라 말한다. 또 다른 이들은 제의식과 보시, 고행의 행위를 포기해서는 안 된다고 말하기도 한다.

여기에서 그대는 그대의 의문의 대한 나의 명확한 답을 듣게 될 것이다. 신을 향한 제사의례, 보시와 고행과 같은 행위를 포기해서는 안 되며, 그와 같은 행위는 필요하다. 왜냐하면 선한 의지로 수행하는 이에게는 그 행위들이 순수하게 하는 수단이 되기 때문이다. 그러나 이 행위들도 또한 집착을 떠나 결과를 기대하지 않고 수행하는 것이 내가 판단한 최상의 견해이다.

포기를 일으키는 마음은 세 가지 변화의 속성(Gunas)에 영향을 받는다. 만일 수행자가 신을 향한 제사의례, 보시와 고행과 같은 경전에서 제시하는 행위들을 무조건 포기한다면, 그의 단념은 무지에서 비롯된 타마스(Tamas)의 영향을 받은 것이다. 어떤 행위를 수행함에 있어 진심으로 하지 않고, 그 행위가 육체의 고통을 주는 것으로 두려워하면서 단순히 어떤 행위를 포기한다면, 그의 단념은 라자스(Rajas)의 영향을 받고 있다.

그러나 요기가 경전의 가르침을 따라 모든 애착과 행위의 결과에 대한 욕망을 포기하고 오직 행위 그 자체에 몰입되었을 때 그의 단념은 사트바(Satva)의 영향을 받는 것이다.

영적 분별력이 고양되어 아트만의 지식으로 빛날 때 그의 모든 의혹은 사라진다. 그는 마음에 들지 않은 행위일지라도 미워하지 않고, 누군가에게 부탁할 일도 하지 않는다. 육신을 소유한 이가 행위를 전부 포기할 수는 없다. 그러나 이기심을 버린 행위와 그 결과의 포기가 진정한 단념이라고 할 수 있다. 이기심과 자아에 대한 욕망에 사로잡힌 이는 그 행동으로 인하여 기쁨, 슬픔, 그리고 즐거움과 비애가 합쳐진 세 종류의 결과를 가져온다. 그 결과들은 시기적 상황에 따라 다르게 나타난다. 그러나 이기심을 버리고 욕망을 포기한 이는 현세이든 또는 내세에서도 아무런 결과를 갖지 않는다.

상키야(Samkhya) 경전에서 이르기를, 행한 결과로 인한 질곡을 벗어나려면 다섯 행위자에 대한 지혜를 깨우쳐 모든 행위를 수행하라고 말한다. 그것은 육신과 자의식이라는 행위자, 감각기관과 육체에 깃든 풀어야 할 숙명들, 그리고 그가 의지하는 데바스가 그의 정신에 관여한다. 선한 행위나 사악한 행위, 언어로 표현되는 것들, 어떤 몸과 마음의 상태이든 모두 그 행위로 이끄는 다섯의 행위자가 있다. 그러한 까닭에 행위자를 독존하는 아트만으로 인식하는 것은 진실을 보지 못하는 어리석고 미약한 분별심이다.

진아(眞我)를 알지 못하고 행위자를 자아(自我)로 인식하는 한 그는 영적정화를 얻지 못한다. 그러나 집착을 초월한 행위, 지성이 더럽혀지지 않은 이의 행위는 어떤 것으로도 얽매이지 않는다. 그대가 이 전쟁터에서 의무를 수행해야 하는 것처럼 설령 수많은 사람들을 해한다 할지라도 그로 인해 속박되지 않는다.

인간의 행위를 유도하는 근저에는 지식과 지식의 대상과 지식의 주체 이 세 가지 동인(動因)이 있다. 또한 행위의 양상은 목적과 수단, 그리고 행위자라고 하는 세 가지 형태로 나타난다. 상키야 철학에서는 지식과 행위와 행위자라고 하는 세 가지는 구나스(변화의 속성)의 본성에 따라 차이를 보이는 것뿐이라고 말한다. 나는 그 본성에 대하여 설명 할 것이다.

사트바에서 유래하는 지식은 모든 창조물에서 불멸하는 유일한 존재, 그리고 분화된 모든 것들 중에 하나인 그를 깨닫는 것이다.

라자스에서 유래하는 지식은 다르다는 것의 차이 이외에는 더 이상 알지 못한다. 모든 생명의 존재들이 변화의 속성에 따라 개별성의 특성을 가지고 다양한 형태로 나타나 있음을 구별하는 지식이다.

타마스에서 유래하는 지식은 부분을 전체로 착각하는 자연의 섭리를 벗어난 어리석음이다. 어떤 합리적 근거나 이성적 판단 없이 무조건적인 집착에 빠진 채 무지의 눈으로 세상을 본다.


집착에서 벗어나 결과를 구하지 않는 행위, 애욕과 증오 없이 성스러운 의무를 이행하는 절제된 행위는 사트바의 속성이다. 세속적인 욕망을 실현하기 위해서 부단히 노력하는 행위, 결과를 바라며 목적을 가진 이기심의 행위는 라자스의 속성이다. 다른 대상에게 해를 끼치는 결과를 고려하지 않는 무지한 행위, 마야(Maya)의 세계[159]에서 힘과 재능을 낭비하는 모든 행위는 타마스의 속성이다.


집착에서 벗어나 자기를 내세우지 않으며, 인내와 열정의 노력으로 성취에 자만하거나 실패에 실망하지 않는 사람이 사트바 상태의 행위자이다. 세속적인 욕망의 집착으로 행위의 결과를 원하며, 허무한 명예를 위해 다른 대상에게 위해를 가하는 사람, 조급하게 작은 성취에 만족하고

---

159) 마야(Maya)의 세계 : 유지의 신 비쉬누가 꾸는 꿈의 세계, 환상(幻像)의 세계, 윤회(輪廻)하는 세계, 사바(娑婆)세계

실패에 절망하는 사람은 라자스 상태의 행위자이다. 어떠한 신념도 갖지 못하고 절제되지 않는 행위, 부정직하고 어리석은 고집만을 부리는 사람, 위선적이고 모든 일에 있어 무기력하게 게으름을 피우며 쉽게 낙망하는 사람은 타마스 상태의 행위자이다.

아르쥬나여!

구나스의 우위에 따라 의식과 의지에도 세 가지 차이가 있다. 나는 이제 그대에게 그것들의 특징에 대해 상세하게 설명을 할 것이다.

그의 의식이 포기의 길과 욕망의 길을 분별할 수 있을 때, 사트바의 속성이 발휘되고 있다. 따라서 그는 해야 할 것과 하지 말아야 할 것, 위험과 안전함, 정신을 속박하고 자유롭게 하는 것이 무엇인가를 안다.

그의 의식이 옳은 일과 옳지 않은 일을 분별하지 못하고, 해야 할 것과 하지 말아야 할 것을 알지 못할 때, 그는 라자스의 속성에 들어 있다.

그의 의식이 무지에 가려서 옳지 않은 일을 옳은 일이라 생각하고 모든 가치를 왜곡하여 생각할 때, 그는 타마스의 속성에 갇혀 있다.

요가를 실천 수행함으로써 사트바의 속성에 든 그의 굳은 결의는 망설임 없이 자기의 생명력과 감정을 완전하게 제어하는 능력을 갖게 된다. 그러나 라자스의 속성에 물든 의식은 욕망의 대상에 집착하여 부귀와 영화를 추구한다. 그는 이기적인 열망으로 보상을 위한 의무적인 행위만을 한다. 또한 타마스의 속성에서 물든 의식은 그를 나태함, 슬픔과 두려움, 교만함과 고집스런 집착, 허무함에서 벗어나지 못하도록 구속한다.

아르쥬나여!

이제 나는 인간의 세 가지 행복에 대해 그대에게 설명할 것이다. 사트바의 환희로부터 비롯되고 순수지식에서 유래한 행복을 아는 사람은 아트만을 안다. 스스로에게 엄격한 요가수행은 험난한 고행의 시간이 필요하지만, 그만큼 커지는 환희와 함께 모든 번뇌의 끝에 이르게 된다.

감정은 욕망의 대상에 묶여있어 처음에는 기쁨을 얻는다 할지라도 비탄의 결과를 가지게 된다. 라자스의 속성에 물들어 욕망으로부터 유래한 일시적 쾌락은 독과 다름없다. 타마스의 속성에 물들어 있는 사람은 어리석음과 게으름, 고집스런 욕망의 집착으로부터 유래한 들짐승과 다름없는 감각적 만족일 뿐이다. 그것의 시작과 끝은 모두 환상에 불과하다.

프라크리티(물질요소)로부터 비롯된 이 세 가지 구나스(변화의 속성)에서 자유로운 요기(요가수행자)는 지상의 존재나 천상의 데바스(천신들)에게서도 찾기 어렵다. 브라만(사제), 크샤트리야(귀족), 바이샤(평민), 수드라(천민) 이들 모두는 구나스의 속성에서 유래한 숙명에 의해서 그들의 의무를 다한다. 브라만의 의무는 평정심과 자제력, 고행의 실천, 순결함, 인내심, 정직한 태도로써 지혜를 추구하며 아트만을 인식하려는 신념을 바탕으로 한 행위가 되어야 한다.

크샤트리야의 의무는 물러섬이 없는 용맹함, 단호한 결단력, 지혜로운 전략과 전술로 전쟁에 임하며, 두려움을 물리친 강인한 정신력으로 확고하게 무장한 지도자이어야 한다. 바이샤는 현생에서 다른 이들에게 농사, 목축, 상행위를 제공해야 할 숙명을 안고 태어났으며, 수드라는 다른 이들에게 봉사자로서의 숙명을 다해야 하는 업을 가졌다. 이는 그들이 전생에 쌓아올린 과업(過業)때문으로 이 생애에서 풀어야만 하는 과제이자 의무이다. 모든 인간은 완전성[160]을 이루기 위해 태어나며, 본성(本性)의 주어진 의무를 성실하게 이행하는 이는 과거의 업보를 벗고 현생에서 완전성을 향해 나아갈 것이다.

그대는 자신에게 부여된 의무에 헌신하는 사람이 어떻게 완전성에 도달하게 되는지 이해해야 한다. 그것은 모든 곳에 편재한 절대성을 행위의 주재자로 인식하고, 신념의 대상으로 삼아 헌신하면서 자신에게 부여된 의무를 실행할 때 그는 완전성에 이를 것이다. 자신에게 운명 지워진 다르마(의무)를 충실하게 이행하지 못했을지라도 그에게 주어지지 않은 일을 성취한 것에 비하면, 그에게 숙명적으로 부여된 의무의 이행이 현생의 카르마를 지우는 것이다.

타오르는 불꽃이 연기에 가리어지듯, 자신의 본성이 이끄는 힘에 의거하여 행한 행위는 카르마의 업보(業報)로부터 자유롭다. 세상의 모든 일은 완전할 수는 없기에 자신이 해야 할 의무에 부족함이 있을지라도 결코 포기해서는 안 된다. 다만, 그가 욕망의 집착을 포기함으로써 자유

160) 완전성 : 싯디(Siddhi). 소망하는 것을 이룬 성취. 불멸성의 획득

를 얻고 자기제어를 완성했을 때, 그의 모든 행위는 지고의 존재 브라흐만과 합일하는 지점에 도달해 있다.

아르쥬나여!
지금까지 내가 그대에게 설명한 요기(Yogi)의 본분은 완전성을 향한 브라흐만과 합일하는 길이며, 지혜의 최종 목표임을 잊지 않아야 한다. 집착에서 벗어난 마음, 환상의 세계로부터 자유로운 정신은 브라흐만과 합일을 이룬다. 청정한 의지로 감정이 제어된 그의 지혜는 육체의 감각들까지도 초탈(超脫)하여 빛나며, 그는 이미 세속적인 탐욕과 미움까지도 초월한 존재이다.

외딴 장소에 홀로 기거하며 언어의 절제와 소식(小食)을 하고, 청정한 심신을 유지하면서 진리의 브라흐만을 향한 요가의 명상에 몰입해야한

다. 그가 무상한 탐욕과, 교만함, 분노와 이기적인 소유욕을 포기함으로써 평안함을 얻는다면 모든 감정의 굴레를 벗고 완전한 브라흐만의 자유로움에 이른다. 그리하여 세속의 온갖 감정으로부터 초연한 그는 모든 존재들을 동등하게 대하며, 나를 진정으로 사랑하는 요기이다. 이 사랑은 내가 어떤 존재이며, 그의 내면에 거하는 나의 진정한 본질과 실체적 진리를 알게 한다. 이 지혜를 통해 나를 인식한 그는 지체함 없이 내게로 들어온다.

지혜를 통한 그의 모든 행위는 내게 헌신하는 것이니, 그를 위한 나의 은총 또한 영원한 불멸성으로 인도할 것이다. 그러니 그대의 마음과 모든 행위를 내게 맡기고 사랑의 존재이자 유일한 안식처로 삼아 헌신하며, 항상 요가를 수행함으로써 그대의 의식이 나와 합일될 수 있게 해야 한다. 나와 합일한 그대는 나의 은총으로 모든 고난을 극복할 것이나, 그대의 마음이 진실하지 않고 아만(我慢;Ahamkara)[161]으로 인해 나의 가르침을 벗어날 때는 파멸의 길로 들어서게 될 것이다.

만약 그대가 지금처럼 깊은 허무감에 빠져 싸우지 않겠노라 생각한다면, 그대의 결의는 허무한 것이다. 그대가 이 의무에서 벗어나려 해도 그대의 본성은 자신의 의무에 충실하기를 촉구할 것이다. 왜냐하면, 그대를 구속하는 카르마는 그대가 창조했기 때문이다.

---

161) 아만(我慢;Ahamkara) : 자아의식, 이기적 자아(自我), 아트만(Atman;眞我)을 행위의 주체자로
     착각하는 개별적인 에고(Ego)

아르쥬나여! 그대는 자신에게 부여된 카르마의 힘에 무력한 존재이다. 만약 그대의 무지가 그 행위를 원하지 않는다 해도 그대의 의지와 상관없이 그 일을 행하게 될 것이다.

아르쥬나여!

모든 존재의 심정에 깃들어 있는 주재신은 그들을 환상의 세계(Maya) 속에서 끊임없이 돌고 또 돌게 한다. 오직 그를 안식처로 삼아 귀의할 때, 그의 은총은 가장 큰 평안과 모든 변화를 초월한 불멸의 처소에 이르게 할 것이다. 지금까지 나는 감춰진 비밀 중에서 가장 심오한 요가의 지혜를 그대에게 전했다. 이 비밀의 의미를 깊이 숙고하여 그대의 의지가 원하는 행위에 최선을 다해야 한다. 이것이 내가 그대에게 전하는 모든 것 중에서 가장 깊은 비밀이며 마지막 가르침이다. 내가 그대에게 선행을 권하는 것은 내가 선택한 사랑하는 친구이기 때문이다. 그러니 그대가 온 마음을 다하여 나에게 헌신하며 공경한다면 그대는 나를 찾게 될 것인즉, 이는 진정으로 그대를 사랑하는 나의 약속이다. 모든 의무적 행위의 번뇌를 나에게 맡기고 나를 그대의 안식처로 삼을 때, 나는 그대를 죄업(罪業;Karma)의 질곡으로부터 구해줄 것이다. 그대는 더 이상의 슬픔과 두려움으로부터 벗어날 것이다.

그대는 자제와 헌신을 결여했거나, 스승을 경멸하고 나를 조소하는 자들에게 결코 이 성스런 진리를 말해서는 안 된다. 그러나 나에게 귀의하여 이 가르침의 숭고한 진리를 따르려는 이들에게 지고(至高)의 비밀을 전하는 이는 반드시 내게로 이를 것이다. 지상의 어떤 존재일지라도 나는 사랑하기에 이 가르침을 전하는 이는 나의 가장 큰 헌신자이다. 만약 누군가 그대와 나의 이 숭고한 대화에 관해 명상하면, 나는 그의 영혼을 내게 귀의한 존재로 여길 것이다. 또한 누군가 나의 가르침에 대하여 신심(信心)을 지니고 의심 없이 들고자 한다면, 그는 죄업에 물들지 않고 선한 영혼의 세계에 이르게 될 것이다.

아르쥬나여!

그대는 지금까지 설명한 나의 이 모든 가르침을 가슴깊이 오롯하게 들었는가? 나의 가르침이 그대의 무지에서 비롯된 환상을 소멸시켰는가?'

아르쥬나가 말하기를,

'불멸의 존재여. 당신의 은총으로 나의 미망(迷妄)이 소멸되었습니다. 이제 나를 슬픔으로 이끈 모든 의혹들이 사라져 나의 의지는 확고해졌습니다. 이제 나는 당신께서 이루고자 하는 바를 다할 것입니다.'

산자야가 말하기를,

"아! 왕이여, 이와 같이 저는 지고의 신 크리쉬나와 고귀한 정신을 가진 바라타의 아들 아르쥬나 사이에 오간 문답들을 들었습니다. 이 숭고한 대화가 제 마음을 감동으로 물들게 합니다. 인간의 눈과 귀가 아니라 비야사(Vyasa)[162]의 신비로운 은혜로 저는 요가의 주재자이신 크리쉬나께서 직접 말씀하신 이 비밀의 대화를 보고 들을 수 있었습니다.

왕이여! 매 순간 감격하면서 요기의 주재자로부터 요가의 숭고한 비밀을 들었습니다.[163] 크리쉬나께서 아르쥬나에게 전한 그 성스럽고 경이로운 진리의 가르침을 기억[164]할 때마다 다시금 저는 감격합니다. 그리고 하리(Hari)[165]께서 만신(萬神)의 모습으로 현신한 그 놀라운 광휘에 전율합니다.

---

162) 비야사(Vyasa) : 브라만 성자(聖者)인 파라샤라(Parshara)의 아들로 베다와 마하바라타를 편집한 현자(賢者)로 알려져 있다. 신의 은총과 부친의 신통력을 물려받아 죽지 않고 바라타(Barata) 왕국의 흥망성쇠를 모두 지켜보면서 장편 대서사시 마하바라타를 구술하였다.

163) 신(神)의 말을 귀로 듣는 쉬르티(Shrthi)

164) 인간들에 의해 신의 말을 기억 또는 회상(回想)하는 스므르티(Smrthi)

165) 하리(Hari) : 비쉬누(Vishnu)신의 이명(異名)

전사들이 모여 있는 이 전장, 불멸의 요가를 주재하는 크리쉬나 신과 위대한 전사 아르쥬나가 있는 이곳은 정의와 평화, 승리의 영광이 있을 것입니다."

옴(Om), 샨티(Shanti)… **ओशान्ति**